U0689146

El Cerebro Musical

CÉSAR AIRA

音乐大脑

［阿根廷］塞萨尔·艾拉 —————— 著   孔亚雷 —————— 译

浙江文艺出版社

目录
El Cerebro Musical

第一篇

Picasso

毕加索

但这幅画的表面特质只是一种引诱,诱人去探索其实际内容,一点点地,如同象形文字的含义一般,它开始若隐若现。

毕加索

一切都始于那个巨人钻出魔力奶瓶的时刻。他问我更喜欢哪个：拥有一幅毕加索，还是成为毕加索。两者他都可以满足我，但是，他警告我，只能二选一。对此，我必须好好想想——或者，更确切地说，我迫使自己好好想想。民间传说和文学作品里充满了贪婪的傻瓜因轻率而受罚的故事，以至于你会觉得，这种好事不可能是真的。也没有记录或确定的先例可供参考，因为这种事只会发生在故事或笑话中，所以从未有人真的去仔细想过；而且故事里总有陷阱，否则就不好玩了，也就没故事了。但在某些时候，我们全都暗地里想象过。我已经全想好了，只不过我想的是那种经典的"三个愿望"。而这个巨人给我的选择是如此出乎意料，其中的选项又如此明确，因此我怎么说也要掂量一番。

这是个怪异的选择，但又并非不合时宜；事实上，它出现得恰到好处。我正要离开毕加索博物馆，满怀狂喜和无限敬仰，因为对我来说，那一刻没有任何东西，或者说任何哪两样东西，比它们更具诱惑力。其实那时我还没离开博物馆。我正在花园里，坐在其中一张露天的桌子边，我刚去咖啡厅买了一小瓶到处都能看见游客在喝的魔力奶。那是个（这是个）完美的秋日下午：光线柔和，空气温爽，离暮色降临还有段时间。我从口袋里掏出本子和笔，想做点笔记，但最终什么都没写。

我试着整理思路。我默默重复巨人说的话：拥有一幅毕加索，还是成为毕加索。谁不想拥有一幅毕加索？谁能拒绝像那样的礼物？但另一方面，谁不想成为毕加索？现代历史上还有比他更令人羡慕的命运吗？哪怕至高无上的世俗权力也无法与他所拥有的相比，因为那些权力可以被战争或政治事件抹除，而毕加索的力量，超越了任何总统或国王，是不可战胜的。任何人处在我的位置都会选择第二项，因为它已经包含了第一项，这不仅是因为毕加索可以画出所有他喜欢的作品，还因为众所周知，他保留了大量自己的画作，包括一些最好的作品（我刚参观过的这座博物馆就是由他的私人收藏构成的），而且晚年时期的他，甚至还买回了许多自己年轻时售出的作品。

变成毕加索的优点当然还不只如此，特别是从长远来看："成为"要远远超过"拥有"，其中包括所有那些千变万化的创造之乐，一直绵延到不可思议的天边。"成为毕加索"，活生生的毕加索，不管真正的他到底是怎样，意味着成为一个"超级毕加索"，一个能制造加倍魔法和奇迹的毕加索。但我有自知之明（用法语说就是"Je m'y connaissais en fait de génies"——我知道天才是什么样），我能感到或者猜到事情没那么简单。有很多理由能让人犹豫，甚至被吓得缩回去。一个人要变成其他人，首先必须不再是自己，而没人会乐意接受这种放弃。这并不是说我自认为比毕加索更重要，或更健康，或在面对生活时心态更好。他的情绪相当不稳定——我是从各种传记上看到的——但还没有像我这么不稳定，因此如果变成他，我就要将自己的精神健康状态做一定程度的调整。然而，受惠于长期以来的耐心努力，我已经学会了与自己的神经质、恐惧、焦虑，以及其他的精神障碍和平共处，或者至少能做到将它们置于我的控制之下，而这种权宜之计能否解决毕加索的问题就无法保证了。那基本上就是我的推论，虽然我并没有付诸言语；那只是一系列的直觉。

究其本质，这是一种身份认同的极端个案，提出这一问题的不仅有这位马拉加①的大师，还包括我们所崇拜、景仰、研究的每个艺术家。这一问题既超越了毕加索，又仍在他之内。身份认同是那种不能一概而论的东西。没有普遍意义上的，作为一种概念的身份认同，只有与某个特定的、这个或那个人的身份认同。而如果这个人是毕加索，像这里所说的，那么就别无他人。概念自己颠覆了自己，就像我们可以说（虽然这么说很笨拙），那并不是"认同毕加索的身份"，而是"毕加索化的身份认同"。

很少有哪个人能激发出如此多的写作；每个与毕加索接触过的人都会留下一份证词，一则逸事，或一幅人物速写。你几乎难免会发现某个共同点。比如，我曾经读到他有行为障碍问题。他看见一张纸掉在工作室的地上，让他很烦，但他却没法把纸捡起来，于是那张纸就会在那儿放好几个月。完全同样的事也在我身上发生过。仿佛某种小小的、无法理解的禁忌，一种意志上的瘫痪，让我——无期限地——不能去做我想做的事。毕加索用他狂热的高产克服了这一点，似乎通过一幅接一幅地作画，他就能让那张纸自己飞回去。

不管是什么原因，确定无疑的是贯穿他所有变形期持

---

①马拉加（Málaga），西班牙南部海岸城市，毕加索的故乡。

续不断的高产。作为画家，毕加索是唯一的毕加索，因此如果我是毕加索，我就可以画出所有我喜欢的毕加索，然后把它们卖掉，变得有钱，而且如果我觉得不开心，觉得被这种生活困住了，我也许还可以停止扮演毕加索（因为如今这个时代钱是万能的）。那就是为什么我说"成为"这一选择包含了"拥有"。

毕加索有次说："我很乐意像个穷人那样平静地生活，只要有很多钱。"撇开贫穷毫无问题这一骗人的信念不谈，这句感慨还是有点奇怪：这样说时他已经很有钱了，非常有钱。但还不会像今天——在他死了三十年后——这么有钱，鉴于他画作价格的提升。每个人都知道画家必须要死，从而停止创作，这样他们的作品才会变得真正有价值。所以在"成为毕加索"和"拥有一幅毕加索"之间，正如在生与死之间，有一道经济上的鸿沟。至于平静地生活，且不说他那句话暗藏机巧，倒是很适用我被巨人置于的这一境况；它是超越死亡的一道讯息，让我认识到自己最向往的愿望，是过一种真正平静的、没有问题的生活。

就目前的价格，以及我相对平庸的志向而言，单单一幅毕加索就足以让我致富，使我过上平静的生活，写我的小说，放放松，读读书……我决心已定。我要一幅毕加索。

这一想法刚在我脑中成形，一幅画便出现在桌上。谁也没注意到，先前坐在相邻几桌的人，那时都已经起身走了，其他人都背对着我，包括咖啡厅的侍者。我屏住呼吸，心想：它是我的了。

它灿烂夺目：一幅中等大小、三十年代的毕加索油画。我久久凝视着它。初看它像一团杂乱变形的人影，一堆叠加的线条及狂野但不失和谐的色彩。然后我开始觉察到有美丽的不对称性跳出来扑向观者，然后又躲起来，然后又出现在别的地方，然后再次把自己隐藏起来。它的厚涂法和用笔（它是一次性画成的）显示了大师级的自信，而这只有通过无意识的精湛技巧才能达到。

但这幅画的表面特质只是一种引诱，诱人去探索其实际内容，一点点地，如同象形文字的含义一般，它开始若隐若现。最初是一朵花，一朵深红的玫瑰，花瓣从多重的立体派平面中浮现出来；面对着它，如同一种镜像，是朵纯白的茉莉，以文艺复兴的风格画成，除了藤蔓的直角形螺旋。两朵花之间的部分填满了小小的蛇人和羊人，穿着紧身上衣和马裤，或者盔甲，戴着饰有羽毛的帽子，或者顶着小丑帽和铃铛；还有一些是裸体，类似侏儒，留着胡子，人物与地面相互碰撞，典型的毕加索风格。统领着这幅宫廷场景的，是一个想必应该是——根据她的王冠判断——女王的人物：一个丑陋而衰弱的女王，像个毁坏的玩具。扭曲变形的女性身体，作为毕加索的标志之一，从未被运用到如此极致。腿和胳膊胡乱地从她身上戳出来，肚脐和鼻子越过她的背部互相追逐，假想的身躯被她衣服上多彩的绸缎镶嵌着，还有一只脚，装在一个巨大的高跟鞋里，高指向天空……

突然，整个故事都自动显现在我面前。我正在观看的，是对一则传统西班牙寓言的图解，更确切地说，是一则笑话，那种最古老和幼稚的笑话；它想必来自毕加索的童年时期。那个笑话讲的是一位瘸脚女王，她没有意识到自己的残疾，而她的臣民又不敢告诉她。内务大臣最终想了个点子，可以巧妙地让她知道这个残酷的真相。他组织了一场花卉竞赛，王国里所有园丁都要拿出各自最好品种的花朵来参赛。一组专家评审团将入围者缩至了两个：一株玫瑰和一株茉莉。最终结果，选择谁为获胜花卉，将由女王决定。在一场盛大的典礼上，全体朝臣列席左右，内务大臣将两株花放到王位前，然后，用清晰、响亮的声音对他的君主说："Su Majestad, escoja"的意思是西班牙语"陛下，请选择"的意思，但如果把最后一个词破开读，意思也可以是："陛下是瘸子"。

这个故事的幽默口吻被形象地表现出来，通过那群色彩斑斓目瞪口呆的侍臣，通过矮壮的内务大臣举起他的食指（它比他其余的部分都大），而最主要的，是通过王后，她由如此多纵横交错的平面构成，看上去就像是从一副折过一百遍的扑克牌中抽出来的，并驳倒了那个确凿的真理，即一张纸对半折的次数最多不可能超过九次。

这则寓言有好几个奇特之处，而毕加索将其转化为图像的决定由此被赋予了更深层的意义。首先，主人公瘸腿却不自知。人们有可能对自身的很多事情无从知晓（比如，就拿眼前这个例子来说，一个人到底是不是天才），但很难想象一个人会连"自己是瘸子"这么明显的生理缺陷都意识不到。也许原因就在于主人公的君王地位，这独一无二的身份，使她无法以正常的生理标准来评判自己。

独一无二，正如世上也只有一个毕加索。这里有某种自传性，关于绘画，关于灵感，这个灵感源自一个幼稚的笑话，而这个笑话他想必是从父母或同学那儿听来的，甚至它也是关于对其母语的含蓄运用，因为如果没有西班牙语，这个笑话就毫无意义，也不好笑了。创作这幅画时毕加索已经在法国待了三十年，已经完全融入了当地的语言和文化；不管怎么说，这还是有点奇怪，他竟会借助西班牙语作为解读其作品的密钥，否则这幅画就无法理解。也许西班牙内战重新激起了他内心的爱国热情，而这幅画就是他对因战火而四分五裂的家乡的一种秘密致敬。也可能，这跟之前的假设并不矛盾，这幅作品的根源在于一种童年记忆，当他的艺术达到某种充分的力度和自由时，这份记忆就成了一种要偿还的债。毕竟，到了三十年代，毕加索已被公认是画不对称女人的大师：通过一种语言学上的绕弯子来使一幅图像的解读复杂化，可谓另一种意义上的扭曲变形，而为了突出他赋予这种手法的重要性，他选择了将其安放到一位女王身上。

还有第三种假设，跟头两个假设不在同一层面，它强调的是这幅画的神奇来源。直到那时，没有一个人知道这幅画的存在；它的奥妙，它的秘密，一直以来都尘封不动，直到它在我——一个说西班牙语的人，一个热爱杜尚和鲁塞尔①的阿根廷作家——面前显形。

无论如何，这是一幅独特的作品，即使对一个视奇异为常规的艺术家的作品而言，它也仍然是奇异的；它几乎不可能不拍出一个创纪录的高价。在开始对未来美景进行习惯性的幻想之前，我又多花了点时间思考这幅杰作。我露出笑容。这歪歪扭扭的小女王，必须从一堆乱糟糟的肢体中把她重新组合起来，看上去还挺动人，她那松饼般的脸（如果你能找到），她那金色巧克力包装纸的王冠，她那

———————

①雷蒙·鲁塞尔（Raymond Roussel，1877—1933），法国先锋诗人、小说家、剧作家和音乐家，对法国超现实主义文学、新小说流派都有极大影响。

木偶似的双手。她是一片无中心空间的中心。她的那些随从，一群名副其实的绘画奇迹，正在等待她的决定；花朵凋零意味着时间的流逝，但对她来说，这不是一段时间，而是一个领会的瞬间、一个最终的顿悟——揭开一生的假象。

这则笑话还可以设想出一个更残酷的版本：女王其实一直都知道自己是个瘸子（她怎么可能不知道？），但出于礼貌她无法提及这个她宁愿回避的话题。一天，她的大臣们互相挑衅，当面对她说出了真相。这或许更符合实际，但却并非这幅画的本意。没人会将女王当成笑料；没人会拿她取乐。臣民都爱戴她，希望她知道真相。在表面信息（"选择"）之下的隐藏信息（"瘸子"），是特意献给她的：她会听到，然后，恍然大悟，明白了为什么她行走时世界会摇晃，为什么她衣服的褶边都要裁成斜线，以及为什么每次下楼梯，侍从长都要冲过来送上他的胳膊。他们借助了花的语言，那是传达爱意的永恒手段。她必须选出王国中最美的花朵，正如我也不得不在巨人提供的两个礼物中做出选择……

就在那一刻，我也恍然大悟，笑容僵在我脸上。我无法理解，为什么我之前没想到这一点，但重要的是现在我想到了。如同在噩梦中一般，一个无法解决的问题赫然耸现，将我吞入焦虑之中。我仍然身处博物馆内：迟早我都必须离开；我作为富人的生活只能在外面开始。而我又怎能胳膊下夹着幅毕加索离开毕加索博物馆呢？

2006年11月13日

El Cerebro Musical
音 乐 大 脑

那只有翅膀的侏儒,那只巨型蜻蜓,用她骇人的疯狂拍翅在剧院领空上几番穿越之后,开始加快速度,反复地撞向天花板和墙壁,她也朝舞台入口猛冲而去⋯⋯所有那些被抛弃的场景都轰然倒塌。

音乐大脑

　　我那时还小——大概只有四五岁。那是在我老家，普林格莱斯上校城，大概五十年代初。一天晚上，应该是个周六，我们去一家酒店吃饭；我们不常出去吃，并不是因为我们有多穷，虽然我们过得好像真的很穷，而只是因为我父亲简朴的生活习性，加上我母亲对任何不是自己亲手做的食物都疑神疑鬼的态度。总之是各种模糊因素混合在一起，把我们那晚带到了一家酒店的豪华餐厅，让我们不舒服地正襟危坐在一张铺着白布的圆桌前，桌上摆满了银色餐具、高脚酒杯，和盛放在金边瓷盘里的美食。跟其他客人一样，我们都穿得漂漂亮亮。相对来说，那个年代的穿衣法则更为严格。

　　我记得来来去去地不停有人站起来，把装满书的盒子拿到房间尽头一张像祭坛般的小桌子上。它们大部分是纸板盒，不过也有木盒，有的甚至上过颜色或清漆。坐在桌子后面的是个小妇人，她穿件亮蓝色的连衣裙，戴着条珍珠项链，脸上涂着脂粉，一头白发梳成毛茸茸的蛋形。那是萨莉塔·索博凯撒，后来，我在老家的整个期间，她一直都是当地的中学校长。她接过那些盒子，查看它们的内容，然后写在一本记录簿上。我无比热切地关注着所有这些举动。有些盒子满得快合不上，有些却是半空的，只有几本书在里面晃荡，发出一种不祥的声响。不过决定盒子价值的并非书的数量，虽然数量也有关系，而更多是看书的品种。最理想的是盒子里所有书都不重样；最糟的是（而大部分都是这种情况），盒子里装的都是同一本书，别无其他。我不知道这种规则是谁跟我说的，也许不过是我自己的猜测和幻想。那是常有的事：为了解释我搞不懂的状况——我几乎什么都搞不懂——我总会编出各种故事和计谋。否则，那种说法又能从何而来？我父母不怎么说话，我又不识字，没有电视，而社区里我那帮小伙伴都跟我一样无知。

　　回忆起来，那幅场景有点梦一般的感觉：一盒盒的书，我们像要拍照留影似的盛装打扮。但我相信确有其事，一如我所描述的那样。这些年我不断地回想起那幅场景，最终得出了一个合理的解释。那时人们正在为建立普林格莱斯公共图书馆进行各种筹划，一定是有人在酒店老板的支持下组织了一次捐书活动："书本换晚餐"，或者诸如此类的名称。至少这可以说得通。而且据我几个月前最近一次去普林格莱斯所证实的，图书馆确实成立于那段时间。此外，萨莉塔·索博凯撒正是第一任图书馆馆长。在我青少年期间，我是图书馆最勤快的光顾者之一，可能比任何人都勤快：平均每天都要借一两本。而给我填借书卡的总是萨莉塔。结果在我上中学后，这成了关键因素，因为萨莉塔正是中学校长。她宣称我尽管年纪不大，但却是普林格莱斯最求知若渴的读者，这奠定了我作为神童的名声，并极大地简化了我的生活：根本不用学习，我就以优异的成绩毕业了。

最近一次回普林格莱斯，我想要证实自己的记忆，就问母亲萨莉塔·索博凯撒是不是还活着。她大笑起来。"她好多好多年前就死了！"母亲说，"你出生之前她就死了。我是小女孩时她就已经很老了……"

"那不可能！"我叫道，"我对她记得很清楚。在图书馆，在学校……"

"是的，她在图书馆和中学工作过，但是在我结婚之前。你一定搞混了，你记着的那些都是我告诉你的。"

那就是我从她那里得到的全部。她确定无疑的态度让我不安，尤其是因为她的记性，不像我的，是绝对可靠的。每次我们对过去发生的事情有分歧，结果总是她对。但这件事她怎么可能对呢？或许我记住的是萨莉塔·索博凯撒的女儿，一个跟她长得一模一样、继承了她事业的女儿。但那也不可能。萨莉塔一生未嫁，是那种典型的未婚妇女，是镇上有名的老姑娘：穿戴总是一丝不苟；冷漠而清高，一副毫无生气的样子。对此，我非常肯定。

回到酒店那一幕。餐厅里人们从餐桌到堆着盒子的小祭坛之间的走动并不顺畅。每个人和其他人都互相认识——在普林格莱斯就是这样——所以当人们从桌边站起来把他们的盒子拿到房间另一端的时候，他们中途会在别的桌子边停下来，跟熟人打招呼并聊上几句。那些熟人会小心地不说太多话，礼貌地假设停下的那个人手里盒子有相当的分量（就算实际上里面内容少得可怜）。而反过来，那个捧着盒子的，则更礼貌地予以回应，站在那儿继续寒暄，以表明对话的乐趣完全抵消了负重的费力。这些小小的交流——它们无不透出一种对别人生活诚挚的好奇，而这对普林格莱斯的居民来说很正常——最后导致了信息十分灵通，因此我们才得知"音乐大脑"正在隔壁西班牙剧院的大厅里展出。否则的话，我们可能根本就不知道，然后便草草回家睡觉。这一新闻也是离开宴会的好借口，大家都觉得这顿饭实在无聊。

"音乐大脑"是不久前来到镇上的，由一个非正式的居民协会掌管。最初的计划是把它短期地租借给私人家庭，跟那些各种各样的圣母奇迹图遵循同样的借用程序。但对圣母图有需求的都是些有病或有家庭问题的人，而借用这种新型魔法装置却只是出于纯粹的好奇（虽然可能也有那么一点迷信）。这一协会没有宗教体系，也缺乏控制流转的权威，因而事情不可能按计划进行。一方面，有些人第一晚之后就竭力要除掉它，理由是音乐声让他们睡不着；另一方面，有人则给它做了精致的壁龛和底座，然后试图以这些花费为借口无止境地延长租期。很快，"音乐大脑"就不知所终。所以那些从没见过它的人，比如我们，就开始怀疑这整件事情都是个骗局。那就是为什么当大家发现它就在隔壁展出时，都变得迫不及待。

父亲要求结账，账单送到时他手伸进口袋，掏出他那只著名的钱包，对我来说，那是世界上最迷人的物品。那是只很大的绿色真皮钱包，上面雕着美妙而繁复的阿拉伯花纹，前后都饰有小玻璃珠，组成色彩斑斓的图案。它曾属于普希金，根据传说，他被杀的那天身上就带着它。父亲的一个舅舅做过驻俄罗斯大使，世纪初的时候在那边买了许多艺术品、古玩和奇珍异品，在他死后这些东西都由他遗孀分给了她的侄子和侄女们，因为他们自己没有孩子。

西班牙剧院是属于西班牙互助会的一组建筑群的一部分，紧靠在酒店边上。但我们并没有直接过去。我们穿过马路走到停车的地方，绕车走了一圈，然后再穿回去。这样绕弯子是为了我母亲考虑：她不想酒店里的人——万一他们看出窗外并且又能看清楚——以为她是要去剧院。

我们走进剧院大厅，一眼就看到了它。它摆在一只箱子上，就是那种普通的木箱，被奇雷塞托（剧院的经理）用撕成细条的白纸装饰过，就是用来包东西的那种纸。其效果相当好：就像个大鸟巢，同时表明了蛋的脆弱和包装的精心。这著名的"音乐大脑"是用硬纸板做的，尺寸跟只大箱子差不多。它在外形上跟大脑颇为接近，但颜色不像，因为它被涂成了发出磷光的粉红色，上面纵横交错着蓝色的纹路。

我们围成一个半圆。它属于那种会让你瞠目结舌的东西。最后是母亲的声音打断了我们入迷的沉思。

"音乐在哪儿?"她问。

"对，当然!"父亲说，"音乐……"他皱着眉头探过身去。

"也许开关关上了?"

"不，它是永远开着的，那正是它的奇特之处。"

他身子探得更近了一点，近得我觉得都快掉进"大脑"里了，然后他突然停下来，转身看着我们，脸上带着诡秘的笑容。

妹妹跟我也靠过去。母亲大叫道："不许碰！"

我感到一股想触碰它的强烈欲望，哪怕只是用手指头碰一下。而且我完全可以那样做。大厅里除了我们空无一人。售票员和门卫肯定都在里面看戏，演出好像已接近尾声。

"这么吵你怎么听得到！"母亲说。

"简直就是窃窃私语。想想那些说音乐太烦，把它还回去的家伙！真丢人！"

母亲点点头，但她在想的是另一种丢人。父亲已经被"音乐大脑"迷住了——唯有他能听到它的音乐——而母亲则东张西望，似乎对剧场里发生了什么更感兴趣。雷鸣般的笑声从里面传出来，整幢建筑都在随之摇晃。里面一定爆满。利奥诺·里纳尔迪、托马斯·西马里和他们的剧团正在里面演出那些粗俗滑稽的喜剧，它们过去曾在外省连续不断地巡演多年。人们对其似乎永不生厌，永远报以大笑。而据称发自"大脑"的那种秘密、颤动的音乐，根本比不过里面那些狂笑声和跺脚声。

我母亲，自豪地作为一连串精致音乐爱好者、歌咏者及悲剧作家的后裔，对那种以利奥诺·里纳尔迪为代表的流行品味不屑一顾。事实上，她对它们进行了积极的抵制。剧院，对她来说，是一片有争议的领地，一个战场，因为正是在那里，普林格莱斯的各阶层展开了他们的文化之战。她哥哥控制着一个叫"双面具"的业余戏剧协会，致力于严肃戏剧；而镇上的另一家俱乐部，由伊索里纳·玛丽安妮控制，则专注于风俗喜剧。所有玛丽安妮的信徒那晚想必都挤在剧场前排，如饥似渴地学习并欣赏着利奥诺·里纳尔迪那富有煽动性的表演，汲取着她那如提神糖浆般的舞台风格。

母亲对他们厌恶至极，以至于有几次，当某个流行剧团来到镇上，她会让我们早早吃好晚饭，然后开车带我们来到剧院，让车靠近入口（但不会太近，她会选一个藏在阴影中的位置），那时演出正要开场，于是她就可以查看有谁进去看。通常，结果都不出意料：观众大多是些来自乡下的穷人，用母亲常用的称呼，就是"那些了不起的无知者"，几乎不值一提："对那些愚昧的蠢货，你还能指望什么？"

但他们当中偶尔也会有个别"体面"人士，这时她就变得很激动。她感觉自己的间谍活动没有白费，从此要对付那些文化伪君子她就会"心中有底"。有一次，她甚至跳下车，对一位有教养的牙医——他正领着女儿们走上剧院台阶——横加指责。她告诉对方看见他这样有文化的人出现在那儿是多么令人失望。支持那种庸俗的东西，他不觉得羞耻吗？还带着女儿！那就是他的教育方式吗？幸好，他没有跟她较真。他带着一丝微笑回答说，对他而言，剧院是神圣的，哪怕是以最低贱的方式，而且他的主要目的是向女儿们粗略地展现一下流行文化，好让她们对此有所认识。不用说，他的狡辩对母亲毫无作用。

不管怎样，让我们回到与"音乐大脑"相遇的那个难忘之夜。我们走回车上，离开了剧院。我们有辆黄色的伊卡牌皮卡。虽然前面驾驶室我们四个人也坐得下，但我经常还是坐在后面，坐在露天，一部分原因是我喜欢，另外也是为了保持安静——我老是会跟妹妹吵闹争斗——但主要是这样我就可以跟自己的好朋友、我们家的大狗杰尼尔在一起。杰尼尔是只体形很大的白狗，血统不明，头很大（就像杰尼尔广告中的那个男人，它的名字由此而来）。我们不能把它单独留在家，因为它会不停嚎叫，动静大到让邻居抱怨，但跟在皮卡后面时它却很乖。

我喜欢坐在后面还有个更秘密的原因：因为我听不到他们在前面说什么，那就意味着我不知道我们会去哪儿，于是旅程便染上了一丝不可预测的冒险色彩。我知道我们要出发去哪儿，如果我没走神的话，可一旦母亲上了车，她就会无法遏制地突发好奇心，要求父亲绕过一条又一条街，去看一座房子、一家店铺、一棵树，或一个标记。父亲已经习惯了迁就她，也就是说，本来直线距离只要走几百码，结果却经常开了五公里——沿着一条曲折的、迷宫般的路线。对从未离开过普林格莱斯的母亲来说，那是一种从内部扩展我们小镇的方式。那晚，我们原本只要转个弯再开三条街就能到家。但我们走了另一个方向，对此，我并不吃惊。天很冷，但没有风。十字路口的街灯——悬在连接到角落电线杆的四条交叉电线上——静止不动。而在我们上方，银河全被点亮了，闪闪烁烁。我让杰尼尔趴到我腿上，把它抱在胸口。它没有反抗。它那雪白的绒毛反射着星光。我们一路笔直开向广场，然后进入一条林荫道。背靠驾驶室坐在那儿，我能看见广场上市政厅的塔楼渐渐消失在远处，我以为我们要去火车站，以满足母亲的又一个突发奇想。火车站路很远，仅仅是推想我们要去那儿就让我昏昏欲睡。杰尼尔已经睡着了。沿着林荫道过了几条街，建筑开始变得稀疏，取而代之的是被锦葵和蓟草占据的大片空地。那些神秘的地块不属于任何人。我的眼睛开始合上了……

突然，杰尼尔抖了抖身子，从我腿上一跃而起，奔到

皮卡的一侧咆哮起来。它的骚动让我既惊讶又迷惑。挣脱
了瞌睡的迷糊,我也看过去,立刻明白了为什么我们要绕
远路,为什么父亲现在放慢了速度,几乎让车停止不动:
我们正在经过一个马戏团。妹妹从前面车窗里斜探出来,
用她那吐字不清的方式大叫着:"塞萨尔!马戏团!马戏
团!"当然,我知道镇上来了个马戏团;我已经见过他们
在街上游行,父母也已经答应第二天会带我们去。我瞪大
眼睛,看得入了迷。明亮彩灯组成的点和线勾勒出整个帆
布大帐篷,它看上去大得像一座山,而且整座山都被内部
的灯光映亮了。演出正在进行:我们可以听见刺耳的音
乐和观众的叫喊。让杰尼尔躁动的是那些动物的气味。在
帐篷后面,在黑暗中,我觉得我能看见大象和骆驼的轮廓
在货车间走动。

多年以后,我离开了普林格莱斯,一如那些有志于艺
术或文学的年轻人,他们总想着离开小镇,对大城市所许
诺的文化盛宴充满渴望。而如今,在那次迁徙之后很多年,
我震惊地意识到,我也许被一种幻象诱骗了,因为童年时
在普林格莱斯的那些夜晚又重回记忆,它们全都如此生动
而多姿多彩,以至于我不禁怀疑自己并没有用丰富替换贫
乏。我描述的那个夜晚就是个很好的例子:一次捐书会,
一场剧院演出,一个马戏团,全都在同一时间。有一系列

的选项可选，你必须选一个。然而还是到处人满为患。马戏团也不例外。我们开车经过入口时，短暂地瞥了一眼里面，挤满家庭的包厢，站台在观众的重压下发出呻吟。在环形表演场里，小丑们搭成了一座人体金字塔，然后翻滚着坍塌下来，引起雷鸣般的哄笑。几乎所有人都来马戏团了。普林格莱斯的居民一定认为那是最安全的地方。

这里需要解释一下。马戏团三天前来到镇上，但几乎立刻就被卷入了一则惊人的丑闻。马戏团的噱头之一是三个侏儒。两个是男人：一对双胞胎兄弟。第三个，一个女侏儒，嫁给了双胞胎中的其中一个。这种怪异的三角关系显然存在着某种缺陷，从而摇摇欲坠，并最终导致了发生在普林格莱斯的那场危机。那个女侏儒和她小叔子是情人，出于某种原因，他们选择了在我们镇一起私奔，并带走了她那傻老公的所有积蓄。我们也许永远都不会知道这段离奇的三角恋，如果不是因为以下事实：在那对情人失踪几小时后，那个侏儒丈夫也失踪了，带着一把9毫米口径的手枪和一盒子弹，它们本属于那个马戏团的老板。他的意图再明显不过了。为了阻止悲剧发生；马戏团的人决定立即报警。目击者们（小丑们、高空秋千演员，以及驯兽师）一致表示，侏儒丈夫发现自己被骗时无比愤怒，并无比坚定地宣称要实施一场血腥复仇。他的威胁可不是儿戏，因为他是个狂暴的小人儿，以破坏性的火暴脾气而著称。他偷走的武器射程远，足可致命，而且用法极其简单。警方调动了所有可能的人力，尽管马戏团的管理层强烈要求保密，消息还是传开了。那是不可避免的，因为无论那些逃亡者——那对情人和他们的追捕者——去了哪儿，都只能依靠公众的帮助才能找到。一开始，那似乎很简单，镇子很小，要找的人很容易描述清楚，只要简单地用一个词——"侏儒"。警察被安置在火车站、长途汽车站，以及在镇子相对两端的两个交叉路口，通向外面的公路从那儿分岔（那时还没封道）。而这些措施起到的唯一作用就是证实那几个侏儒还在普林格莱斯。

毫不意外，他们是人们谈论的唯一话题。又是开玩笑，又是打赌，又是集体出动搜寻空地和空房子，最初的主导情绪不是欢乐的兴奋就是美妙的悬疑。但二十四小时后，气氛变了。两种恐惧开始悄然滋生，一种是模糊而非理性的，另一种则非常真实。第一种恐惧源自始终没有破案这个令人困惑的事实。普林格莱斯的居民有充足的理由认为，他们的小镇在社交和地理上都是透明的。像三个侏儒这样醒目的东西，怎么可能在一个小玻璃盒子里无影无踪？并且他们还不是抱成一团，而是分成躲藏的一对和一个追捕他们的第三者，要依次躲过政府的搜索。事件开始带上了一丝超自然色彩。结果侏儒的尺寸成了一个谜题，至少是在不安的公众印象中。也许他们应该翻动石头，查看树叶底下，窥探蚕茧内部？母亲们开始检查她们孩子的床底，孩子们把玩具扯开看里面有没有东西。

但还有一种更现实的恐惧。或者如果说那还不是完全的现实恐惧，至少它的出现足以让前一种恐惧，那种无名的恐惧，显得合理了。就在外面的某处，有一把致命的上膛手枪，在一个绝望的男人手里。没人在意他要展开的复仇计划（我们不该因此而责怪说普林格莱斯的居民有特殊偏见；被一片共同恐慌所笼罩，他们将侏儒视为一个不同的物种，其生死问题应该由他们自行解决，跟镇子无关），但枪击并非总能命中目标，在某一特定时刻，任何人都可能碰巧与子弹迎面遇上。真的是任何人，因为没人知道侏儒们在哪儿，更别说他们会在哪儿狭路相逢。而焦虑的来源与其说是侏儒丈夫的复仇行动，不如说是那对情人难以捉摸的微小体形。导致搜索失败的，同样是这种神奇的缩小术，它让人们不禁觉得每一枪都注定要射偏。他怎么可能击中一个隐藏的原子，或者两个？任何人，或者他们所爱的人，随时随地，都有可能突然被一阵打偏的弹雨击倒。

又过了二十四小时，这两种恐惧已经紧紧交织在一起，整个镇子都陷入一种受迫害的激烈妄想中。没人在家里感到安全，在街上就更不行。但人多的公众场所却有某种令人心安之处，人越多越好：其他人会成为人体盾牌，而且因为良心上的顾忌会在恐怖降临时被抛诸脑后，所以没人去管谁会被子弹打得千疮百孔。那一定就是为什么我们会去参加晚宴，平常我们几乎从不在外面吃饭。而在另一个层面的动机上，从魔幻思维的角度，那一定也是为什么父亲会带上著名的普希金钱包，它一般都留待特殊场合才用。你也许还记得，普希金就是被射中心脏而死的。

　　现在我要结束这段插入性的解释，回到故事本身。但就在这样做的时候，我注意到自己犯了一个错误。剧院大厅里的场景在继续，这意味着沿着林荫道开车经过马戏团应该发生在那之前，在我们去酒店的路上。事实上，当我更仔细地回想时，好像市政厅和马戏团上方的天空并不是全黑的：那是"幽蓝时分"，还有些暗粉色的余晖，沿着西边天际是一层发出磷光的白。星光闪烁的黑色夜空一定是某种记忆篡改，源自随后那出惊心动魄的闹剧——发生在剧院屋顶上。我的混淆也许部分是由于这个故事独特的奇异性：虽然各个事件的先后次序有强烈的逻辑性，但它们同时也独立存在，就像天穹上的星星，那最后一幕的唯一目击者，因此，这些事件构成的景象似乎更多是来自幻想，而非现实。

事情大致是这样的：满足了对"音乐大脑"的好奇之后，我父母便向外面的街上走去，这部分是因为没什么好再看的，部分也是为了要趁观众开始散场前赶紧消失。表演应该就快结束了；掌声还没停，但不会持续太久，母亲可不想被看见跟那些"了不起的无知者"一起离开。不知情的人说不定会以为她已经陷入了庇隆主义者的文化深渊。

她转身开始往外走，其步态是如此果断，让我觉得时机到了：现在我可以安全地满足自己的欲望，去摸一下那个大大的粉色物体。我毫不犹豫地伸出手。我右手食指的指尖触及"大脑"表面大概只有一秒钟。而出于即将说明的原因，这一瞬间的接触将让我永生难忘。

我的顽皮逃过了父母的注意——他们在继续向大厅出口走去——但没逃过我妹妹的眼睛，她那时两三岁，我做什么她都要模仿。被我的勇敢所激励，她也想去摸一下"大脑"。然而，这个笨拙的小魔鬼，她把一切都弄砸了。对她来说，根本不存在指尖这种东西。把身子拉得挺直——她大概只有放"大脑"的木箱那么高——她举起两只小胳膊用全部力气扑上去。预感到将要发生什么，她屏住呼吸，然后当"大脑"开始晃动时，她尖叫一声放开了它。我父母停下来，转过身，我想他们朝我们跨了一两步。对我来说，那一场景带有一种梦幻般的精确感，就像一出排练过上千次的戏剧。"音乐大脑"重重地滑出木箱的边缘，掉到地上，摔破了。

妹妹大哭起来，但这更多是出于内疚和对惩罚的恐惧，而不是因为显露在我们眼前的景象——那或许超过了她的理解能力。而我，虽已经长大到足以凭直觉猜到发生的事情，但依旧感到自己正在一种恐怖的迷惑中苦苦挣扎，想必我父母也有同感。

"音乐大脑"的粉色表皮已经在撞击下碎裂，这说明了它的精巧，因为它不过掉落了几英尺。它里面是一团实心的、玻璃般的物质，就像凝胶，被外壳完美地包裹成形。那团东西有点被撞平了，而且似乎还在余震中微微颤动（虽然这可能是我想象的），这表明它的材料并不坚固。它的颜色非常明确。那是一团半凝结的血块，而且不难推断出它的来源——事实上，有两个来源，因为有两具尸体悬浮在那团东西中间，从头到脚，以一种胎儿的姿势：是那两个男侏儒，那对双胞胎。他们就像扑克牌上的图案，穿着小号黑西装，脸和手白如瓷器；色彩对比让他们在暗红的血块中显而易见，那些血来自两个人各自喉咙上的伤口——它们就像张开在尖叫的大嘴。

我说过，我看到的这幅场景有着某种超自然的清晰，但那是我现在所看到的。我现在所看到的比当时更多。就仿佛我看到的是整个故事本身，但不是作为一部电影或一系列画面，而是作为一幅单独的图像，其演变是通过反复的定格而不是连续运动。不过还是有大量运动：一堆荒谬原子的漩涡和深渊。

我母亲——她已经接近歇斯底里——开始尖叫起来，但她的叫声被剧院内部一阵突然的喧嚣淹没了。

发生了一件出乎意料的事。伟大的利奥诺·里纳尔迪已经领受了对她的鼓掌欢呼，全体演员已经七次谢幕。演员们正准备在最后鞠躬后离场，而观众们已经从座位上站起身来。就在那一刻，角色感开始从演员们的皮肤上渐渐褪去，他们集体在舞台上站成一排，每个人的面孔和身体都作为刚才喜剧的一部分而仍然依稀可辨，而那出喜剧的情节，连同它的惊奇和失误，都被胡乱塞进了那排微笑鞠躬的人物中，仿佛现在一切都交由观众决定，当他们拍手，视线扫过舞台，以便重构刚才的故事，并对面前的虚构告别时，连同那假造的起居室、扶手椅、假楼梯、画出的窗和门（它们在一连串的喜剧转折中开开关关），以及所有其他布景……就在这时，就在庆典快要结束时，那尊巨大的胡安·帕斯库尔·普林格莱斯的石膏像——装饰在舞台拱形框架的顶部——突然裂开了。我们建国之父的面部像一颗白垩新星般炸开来，在原先雕像的位置，惊讶的观众目睹了有史以来戏剧神力所制造的最为奇特的物种：那名女侏儒。那就是她的藏身之处，在那儿永远没人会找到她。这一切看似偶然：也许是鼓掌和叫好声引起了震动，让石膏头像老化的分子松动了；但这种假设很快就被否定了，因为很显然，石膏像的爆裂是由内部原因导致的——具体说，是因为女侏儒身体尺寸的增大。一旦怀孕，这杀手蛹便躲进了这个安全的藏身地，任由自然规律（毕竟，怪物也是自然的一部分）来安排一切。而巧的是，这一过程恰好在演员准备退场时达到了终点；再迟几分钟，那个怪物就会浮现在一个黑暗、空荡的剧场。

于是，这就促成了某种空前绝后、从未有人见过的节目加演。两千双眼睛看着一只大头出现在那个凹洞里，那只头没有眼睛、鼻子或嘴巴，但却布满金色的卷毛，然后是两只圆滚滚的胳膊，末端两只爪子，以及一对丰满的粉红色乳房，本该是乳头的地方长着两只眼睛。这个怪物不停地挤出来，正面朝外，已经快碰到屋顶，就像只滴水兽石雕……直到终于，发出一阵痉挛般的战栗，她展开了翅膀，开始是一只，接着另一只——巨大的彩虹色膈膜，拍打时发出硬纸板似的声响——然后腾空而起。她的身体后部是一个臃肿的皮囊，上面覆盖着黑色羽毛。一开始，她看上去像要跌入乐队的乐池，但接着她用一连串快速的翅膀扇动，把自己稳定在一个中等高度，并开始左冲右突地四处乱飞。

恐怖爆发。就算失火也不会像这只会飞的变种怪物那样引发如此恐慌：谁也说不准她会干什么。过道挤满了，出口堵住了；人们跳上座位；妈妈在找孩子，丈夫在找妻子，大家都在尖叫。受到骚乱的惊吓，那只飞行侏儒盲目地上下拍翅；她也在寻找出路。当她飞低了，前排座位的尖叫声就骤然加剧，而当她又升高了，最响的叫喊则来自包厢，那里的观众被困在堵塞的楼梯上。绝望中，有人爬上了舞台，演员们早已不见身影。有些前排包厢的逃难者也爬下来，越过围成半圆形的脚灯跳上舞台。看到这种情况，那些一直在过道上推推搡搡的其他观众，发现已经不可能突破前方混乱的人潮，便转过身，发狂地奔向后面，也都跳上了舞台。那就像打破了一个禁忌：侵入虚构的空间，而他们付钱正是为了不让它发生；但求生的本能战胜了一切。

至于那只有翅膀的侏儒，那只巨型蜻蜓，用她骇人的疯狂拍翅在剧院领空上几番穿越之后，开始加快速度，反复地撞向天花板和墙壁，她也朝舞台入口猛冲而去，毕竟，那才是最明智的做法。她被利奥诺·里纳尔迪那资产阶级情调的舞台布景吞没了，所有那些被抛弃的场景都轰然倒塌。

观众们最终逃出了剧院，但很自然没人想要回家。斯蒂格曼街上一片人声鼎沸。食客们跑出酒店的餐厅，有些衣领上还塞着餐巾，很多人还手握刀叉。消息已经传遍全城；一个非官方的信使已经将消息带到马戏团大篷，他去时表演刚好正要结束，于是看马戏的观众也全体转移过来。当警察到达时，警笛声大作，但他们费了好大劲才穿过人群，还有医院来的救护车、消防车也一样，他们都是自发赶来的。

从剧院大厅倾泻而出，发狂的人群不假思索地践踏过地上那个"音乐血球"。当马戏团的老板前来收尸时，给他的只有两片皱巴巴的剪影，小丑们互相传递着查看了一番，确认那就是侏儒兄弟。根本没时间让小丑们——或任何其他马戏团演员——更换表演服。骑师、高空秋千演员、托钵僧和利奥诺·里纳尔迪剧团的演员们摩肩接踵，还有托马斯·西马里和里纳尔迪自己，全都跟混杂的观众混在一起，更别提那些好奇的看客、邻居，以及各色夜猫子。从未有过像这样的情景，连狂欢节也无法相比。

对剧院的第一轮搜寻，由一帮拔出枪的警察，在奇雷塞托的带领下（只有他知道所有的出入口）进行，但最终无功而返。那个怪物消失了，消失得无影无踪。有传言说她已经找到一个出口飞走了。这一假设本应令人宽慰，但实际上大家却感到失望。事到如今，大家都在期待着一场表演，都想要看到更多。一个意料之外的事件再次点燃了人们的希望：从壮观的剧院大厦中，无数蝙蝠和鸽子向四面八方飞出去。因为鸽子很少在夜间飞行，它们赋予了这场大逃亡一种奇妙的转折效果。这些小动物显然感觉到了一种恶魔般的存在，才惊慌地倾巢而出。

先是片刻的悬疑，接着一声叫喊，一只手指向上方。所有人都向后仰头，所有的目光都集中在剧院顶部那伪哥特式的锯齿状垛口上。就在那儿，那个怪物，蹲伏在两个角楼之间，双翅展开，身体发出一阵战栗——即使从远处也看得很清楚。消防车的强力聚光灯照亮了她。下方的街道上，两个小丑——身穿五颜六色的小丑服，脸上画着笑容——爬上汽车引擎盖，在头顶挥舞着那对侏儒兄弟被碾平的尸体，就像那是两面旗帜。

虽然普林格莱斯的居民从未见过这类变种生物，但他们大多是乡下百姓，对生育原理都很熟悉。不管那个大自然的怪物采取何种怪异的方式，对他们来说，生命的基本机制都是相同的。所以事情很快就变得很明显：那个侏儒快要"生蛋"了。所有的迹象都指向这一生殖过程：性接触，一段隐居期用来变形，犯罪，腹部的巨囊，选择一处难以接近的地点，以及此刻那弓背的姿态，那全神贯注的感觉，那颤抖。无法预测的是她会生下一个蛋还是两个蛋，或好几个蛋，或好几百万个蛋。最后的假设似乎最有可能，因为她在形态上最接近的同类物种是昆虫。然而，当那长满羽毛的光滑皮囊开始扯裂时，出现的是一只单独的、白色的、尖尖的蛋，大小跟西瓜差不多。一阵响亮的、表示惊奇的"哦啊……"掠过人群。也许是因为所有的视线都聚焦在那个慢慢挤出的奇幻珍珠上，当另一个身影出现在那个有翼侏儒旁边时，大家的惊诧就显得更为强烈：慢慢地，它走进聚光灯的光圈，等那只蛋已经完全显现，并朝上平衡着立在令人晕眩的檐口上，它才变得完全可见。那是萨莉塔·索博凯撒：她那巨大的蜂窝式发型，她那淡红色的、涂满脂粉的面孔，她那蓝色的连衣裙，以及她那小小的高跟鞋。她是怎么上去的？她想要干吗？她离那个怪物只有几英寸，后者现在已经完成了她的工作，她把自己没有眼睛的脸部转过来，看着——如果可以这么说——萨莉塔。她们同样高度，同样都带有某种超自然的坚定气质。一场对决似乎在所难免，或许甚至一场恶斗。整个镇子都屏住呼吸。但截然不同的事情发生了。那个怪物抖了抖身体，仿佛从梦中醒来，她尽可能远地伸展开翅膀，然后，拍打了一下，将自己提到几码高的空中。她一振翅转过身去，再一振翅，她开始加速，接着她就飞起来，就像一只翼龙，飞向群星，而与之相对应，那晚星光闪烁如疯狂的钻石。她消失在星座之间，如此而已。直到这时，大家的视线才回到剧院屋顶上。

萨莉塔·索博凯撒对怪物的离去无动于衷。现在只有她和那只蛋了。她举起一只胳膊，动作极其缓慢。她手里握着什么东西。一把斧头。互相矛盾的叫喊声从人群中升起：不！不要！对！劈开它！显然，意见不统一。没人知道打破它会生出什么可怕的东西，会导致怎样的后果，没人愿意让我们这个潘帕斯草原上的安静小镇承担那种风险，而且仅仅是蛋易碎的属性就有令人产生某种珍贵感。但另一方面，放弃这一千载难逢的机会似乎又显得可惜。

然而当萨莉塔胳膊的动作让斧头清楚地进入大家的视野，人们发现那不是一把斧头，而是一本书。她的目的不是要打破那个蛋，而是要将那本书精巧地、平衡地放到它顶上。在普林格莱斯的传奇历史中，由此产生的奇妙图案最终成为市立图书馆创立的象征。

2004年7月26日

第三篇

A Brick Wall
砖　墙

他告诉自己必须在他和他们之间竖起一面厚墙……当他这样说的时候，他正看着起居室的墙，就在贴着假砖块的壁炉旁边。

砖墙

　　小时候，在普林格莱斯[①]，我经常去看电影。不是每天看，但一周至少要看四五部。四到六部，我得说，因为它们是两场连映；一票通用，所有人都会两场都看。星期天则全家出动去看五点开始的下午场。有两家影院可以选择，排片也不一样。我说过，它们都是连映：先是一部B级电影，然后才是主要的正片（所谓的"首映片"，虽然我不知道为什么这样叫，因为对我们来说它们全都是首映）。我有时——事实上几乎总是——还会跑去看星期天下午一点的午间场，它们也是两场连映，专门面对儿童，然而那时并没有特意拍给儿童看的电影，因此它们就是些西部片、冒险片，诸如此类（结果我看了不少系列片，我记得，包

―――――――――――――――

①普林格莱斯（Pringles），阿根廷城市，也是作者塞萨尔·艾拉的真实故乡。

括《傅满洲》和《佐罗》）。再往后一点，当我十二岁的时候，我开始晚上也跑去看电影，周六（晚上电影不一样），或者周五（排片和周日下午场一样，但因为有两家影院……），甚至平常的工作日。

不知从什么时候起，其中一家电影院开始在每周二，整个下午，持续不断地放映阿根廷电影。我总共看了多少部电影？这样计算有点傻，但一周四部，那么一年就是两百部，如果我从八岁到十八岁都保持那样的看片频率，那么至少就是两千部。由这种算法得出的最终结果甚至更傻：两千部电影每部一个半小时就是三千小时，或者一百二十五天，也即不间断地看上长长四个月的电影。四个月。这样的时间跨度比一个光秃秃的数字更具体，但它的缺点是会让人想到一部酷刑般的超长电影，而实际上它们有两千部，每部都独一无二，占据着我漫长的童年和青春期，先是迫不及待，随后是评判、比较、重述和牢记。最重要的是牢记：它们被妥善贮存，就像各种各样的珍宝。这一点我可以证明，因为那两千部电影仍然活在我体内，就像鬼故事中那样，过着一种由复活与显灵构成的奇异生活。

人们经常夸我记性好，或者为我记得四五十年前的对话、事件、书（或电影）的相关细节而感到震惊。但这种来自他人的赞赏或评价毫无意义，因为没人能真正知道你记住了什么，或者你是怎么记住的。

正是由于这个原因（因为如果我不来做这件事，就再也没人会做），而并非是为了打发所谓"无聊的旅馆生活"，我才开始着手写下昨晚发生的这件与一部电影有关的奇事。我要指出的是，我当时正在普林格莱斯，在一家旅馆里。这是我第一次在家乡住旅馆。我回来看我母亲，她摔了一跤，正卧床不起，我在大街上找了个地方，因为她的小公寓被照顾她的朋友们塞满了。昨晚，在浏览电视频道时，我偶然看到一部英国的黑白老电影（方向盘在右边），虽已经过了开头，但也才刚开始（对一个老练的影迷来说，几个镜头就足以认出一部电影的开场）。它散发出某种熟悉感，接着，过了一会儿，当我看见乔治·桑德斯时，我的怀疑得到了证实：这是《被诅咒的村庄》，一部我五十年前看过的电影，就在这儿，普林格莱斯看的，离我住的旅馆只有两百码，在已经不复存在的圣马丁电影院。之后我再也没看过那部电影，但它在我脑海中非常清晰。像这样毫无预兆地跟它偶遇，实在是种意外收获。这并非我第一次在电视或录像上看到童年记忆中的电影。但这次情况特殊，也许因为我是在普林格莱斯看的。

这部电影，所有资深影迷都知道（它是一部小经典），讲的是一座被某种未知力量控制的小村庄：一天，村里所有的居民都陷入了沉睡；当他们醒来时，女人们都怀孕了，九个月后孩子出生了。十年过去，这些孩子开始显示出他们可怕的能力。他们全都非常相似：金发，冷酷，自信。他们穿着非常正式，团结一致，从不和其他孩子来往。

他们的眼睛像小电灯般闪闪发亮，并赋予他们一种通过凝视别人而支配对方意志的能力。他们毫无顾忌地用最极端的手段行使这种支配力。一个男人拿着一把猎枪盯着他们；通过心电感应，他们逼迫他把枪筒塞进自己嘴里，把自己脑袋轰开了花。

乔治·桑德斯是其中一个孩子的"父亲"，他意识到发生了什么事；他的观察让他得出结论，只有一个唯一的解决办法：干掉他们。而与此同时，这些孩子毫不掩饰他们要控制全世界、毁灭人类的意图。随着他们的长大，他们的能力也在增长。很快，他们就将所向无敌；他们几乎已经如此，因为他们可以看穿并预测到任何攻击。（在俄国有个类似的事件，苏维埃当局采用了自己独特的解决方式，通过对相关村庄进行地毯式轰炸，将那些罪恶的儿童连同当地的其余居民一起消灭了。）

故事的主人公待在家里，考虑着该做什么。或者更确切地说，该怎么做。他知道他采取的任何计划都会呈现在他脑海中，那意味着只要他一靠近那些孩子，计划就会被他们看见。他告诉自己必须在他和他们之间竖起一面厚墙……当他这样说的时候，他正看着起居室的墙，就在贴着假砖块的壁炉旁边。他嘴里咕哝着："一面砖墙……"

这时摄影机跟随他的凝视，在那面砖墙上聚焦了一会儿。这个对着砖墙的固定镜头，伴随着画外音在说"一面砖墙"，让我着迷不已。我小时候在普林格莱斯看的那些电影里，每个镜头、每句话、每个姿态都富有深意。一个眼神、一个沉默、一个几乎难以察觉的延迟，都会揭示出背叛、爱情，或者一个秘密的存在。仅仅一声咳嗽就意味着某个角色会死或正走向死亡的边缘，虽然表面上看他依然十分健康。我和我的朋友们已经成为破译这种极简暗号的专家。总之，这对我们来说似乎十分完美，相比之下，构成现实的暗号和含义则是混乱不堪的一团糟。一切都是线索，一切都是引导。而电影，无论何种类型，其实都是侦探小说。只是在侦探小说里，正如我在大约同一时期所学到的，真正的线索都隐藏在云雾中，虽然，为了让读者误入歧途，这是必须的，但这些障眼法都是些多余的零碎信息，没什么意义。但是，在电影里，一切都被赋予了某种含义，形成一个坚固的整体，让我们为之痴迷。对我们来说，那仿佛是个超现实，或者，更确切地说，现实自身似乎显得累赘，没有条理，缺乏那种美妙、优雅的简洁，而那正是电影的秘密。

因此，"砖墙"便预示着一个办法，可以将世界从迫在眉睫的危机中解救出来。但目前没人知道那个办法是什么，也不可能知道。不像一个演员的咳嗽或者一个偷瞥眼神的特写，一面墙很难破译出什么。事实上，甚至连主人公自己也不知道：对他来说，这个办法还只是一种隐喻。为了对这些邪恶的孩子展开有效攻击，他必须在自己和他们之间竖起一道屏障，使心电感应无法进行，而作为那道屏障的象征物，脑中首先出现的图像就是一面砖墙。他也可以选择一个不同的象征："一面钢板"，"一块岩石"，"万里长城"……他的选择想必是源于他面前恰好有面砖墙这个事实。但尽管它是有形的物质，墙仍然只是个比喻。那些孩子的读心术显然可以穿越墙壁，所以一堵字面意义上的墙并非解决之道。他指的是别的什么东西，那给这个镜头蒙上了一层令人不安的消极意味，使人难以忘怀。

一面砖墙……声音还在继续回响。

我并非这部电影唯一的崇拜者，自然也不是第一个发现它是另类经典的人。但尽管如此，我还是可以宣称有某种优势，因为我看的是它的首映。正如我们那儿的惯例，它是在英国首次上映后两三年才来到普林格莱斯，但它依然是一部"首映片"，而我则是其目标观众的一部分，而不是隔着由影迷文化和历史角度造成的距离去观看它。我们就是影迷文化和历史，我最终将这两者都转换成了智力娱乐。

此外还有一件事：我当时跟影片里的那些孩子同样年纪。我或许也试过让自己的双眼放射出那种电光，看自己能否看穿别人的想法。而且普林格莱斯是个小镇，虽然不像电影里的村庄那么小，但也小到足以遭受那种"诅咒"。比如电影开场那神秘的停滞：我们镇也经常显得空荡而寂静，仿佛所有的人都死了或走了，比如说，在午睡期间，或者星期天，或者随便哪天，或者说实话，任何时候。

不过我认为，在那个久远的星期天坐在圣马丁电影院里的绝大多数观众都不会把这两座城镇和两种诅咒联系起来。不是因为那时的普林格莱斯居民当中没有知识分子和文化人，而是因为受到过往流行的某种教养上的限制，让人们远离了意义和阐释。电影是一种繁复而无用的艺术幻想，仅此而已。我并非说我们是彻底的唯美主义者；我们根本没必要是。

较之这些偶然的巧合，我前面提到的优势更多地应该归功于另一个事实，那就是在我的第一次和第二次观影之间，我伴随着它从一部为普通大众（也就是说，为了某一时期的大众）而生的商业制作，转化为一部被文化精英推崇的另类经典。这里的伴随是完完全全的字面意思：我本人也从大众转化为了精英。我的人生和《被诅咒的村庄》遵循着相同的奇妙转化之路，一种不曾改变的改变。

我想同样的事情也发生在我那些年看过的其余两千部电影身上：好的和坏的，被遗忘的和被重新发现的。这甚至也会发生在经典影片上，那些进入十佳名单的伟大电影。它们全都经历过从直接性到间接性的转变，或者产生一种落差，这很正常，也在所难免——鉴于时间的流逝。希区柯克①的《西北偏北》——我也是在圣马丁电影院看的，我猜那是1960或1961年（电影拍于1959年）——就是个现成的例子。在阿根廷，它的片名叫《国际阴谋》②，我大概直到二十年后才发现它的英文片名是什么，那时我开始阅读关于希区柯克的书籍，并开始用我知识分子的眼光去思考他的作品。或许因为原来的片名太抽象，或者因为译名与我产生了某种共鸣，我仍然把那部电影视为《国际阴谋》，尽管我知道这很荒谬；那年头电影片名的翻译经常出

①阿尔弗雷德·希区柯克（Alfred Hitchcock），KBE是一位英国电影导演及制片人，被称为"悬疑电影大师"。二十世纪二三十年代，他在英国拍摄大批默片和有声片，之后他前往美国好莱坞发展。

②《国际阴谋》（*Intriga Internacional*），《西北偏北》的另一片名，是上映于1959年的美国彩色惊悚悬疑片。它是导演阿尔弗雷德·希区柯克的经典之作，同时也被视为电影史上的悬疑片典范。

奇地离谱，它们现在已经成为一种笑料。

很少有其他电影，也许根本没有，让我和米格尔如此印象深刻。米格尔·洛佩兹是我童年时最好的朋友，结果我发现——又一个巧合，虽然不是什么好事——他昨天去世了。他们是在本地广播上发的讣告，我能听到纯粹是因为我刚好在普林格莱斯，否则我会过好几个月或者好几年才知道，或者根本不会知道。没人会想到要告诉我：我们已经有几十年没见了；也没剩下多少人记得我们曾是童年玩伴；而且在镇上一般都觉得当地人已经听说了，而外面人不会有兴趣。

然而，一直到十一二岁，我们俩几乎形影不离。他是我的第一个朋友，简直就像我从未有过的哥哥。他比我大两岁，是家中独子，住在我家马路对面。那时我们才不过三四岁，总是在街上或房屋之间的空地上玩，并且一旦拥有了最低限度的自主权，就会不断展开属于我们的秘密冒险。从很小的时候起，我们就成了严肃的影迷。显然，我们认识的其他小孩也都如此：电影是我们主要的娱乐来源，一种大型郊游，一种我们付得起的奢侈品。但米格尔和我走得更远：我们演电影玩，"演出"整部电影，改写它们，拿它们作为创造各种游戏的材料。自然，我是主脑，但米格尔支持我，怂恿我，要求有更多的创意：作为一个外在的表现型男孩，他需要一个剧本。我贪婪地汲取着每部新电影带给我的灵感。《国际阴谋》就是个伟大的灵感，不仅如此，我甚至可以说，我们用那部电影做出的游戏涵盖了我们整个童年，或者说童年时所有的闲暇时光。

我说不出究竟是《国际阴谋》的什么方面造成了这种印象。我们的狂热简单而纯粹，没有丝毫的势利或偏见：我们甚至不知道希区柯克是谁（就算知道也毫无区别），也不可能仅仅是因为它与间谍和冒险有关，因为我们每个星期天都会看那样的电影。我在此斗胆提出的任何假设都难免会被污染——被所有我读过的关于希区柯克的文章，被我对他作品所产生的各种想法。最近有人问起我的品味和偏好，当提到电影和我最爱的导演时，对方提前代我回答说：希区柯克？我说是的。这并不难猜（我是那种无法想象竟然有人最爱的导演不是希区柯克的人之一）。我说如果他能猜出（或推断出）我最爱的希区柯克电影，我会对他的洞察力更加钦佩。他想了想，然后自信地报出《西北偏北》。这让我怀疑《西北偏北》与我想必有某种明显的类似。它是一部著名的空缺电影，一次大师的艺术操练，它清空了间谍片和惊悚片中所有的传统元素。由于一帮笨得无可救药的坏蛋，一个无辜的男人发现自己被卷进了一桩没有目标的阴谋，而随着情节的展开，他能做的只有逃命，根本不清楚到底是怎么回事。环绕这一空缺的形式再完美不过了，因为它仅仅是形式而已。换句话说，它无须跟任何内容分享自己的品质。

那想必就是迷住我们的东西。那种优雅。那种反讽。尽管那时我们并不知道。我们为什么要知道？

我关于米格尔的最早记忆要回溯到我六岁：我六岁生日后一周到两周之间。我能如此明确的原因是因为我的生日临近2月底，而学校开学是在3月初，这件事就发生在开学的第一天。那是我有生以来第一天上学（当时普林格莱斯还没有幼儿园），我父母对此严阵以待。老师给我们布置了家庭作业，练习字母描红，或诸如此类。放学后，或者说不定是第二天早上，他们让我坐在朝街那个房间的桌子前，面前摆着作业本和铅笔……这时，米格尔的脸出现在窗外，一如往常他来叫我出去玩时那样。那是一扇挺高的窗，但他已经学会了怎么爬上来；他非常强壮，身手敏捷（他给人某种猫科动物的感觉），个子也比同龄人高。我父亲走到窗边让他走开：我有作业要做，我有任务，随时随地跑出去玩的日子已经结束了……他没有说那么多话，但就是那个意思。此外在他真正说出的话之下（或者之上），还有其他更多的含意：我正在开启通向中产阶级之旅，那会让我成为一名专家，不加选择地跟那些街上的孩子混在一起已经不再合适（米格尔家很穷——他和父母住在某个类似大杂院的单间里）。这个预言的第二部分没有实现，因为整个小学期间我们俩仍然继续形影不离，而我花在玩耍上的时间也几乎没有减少，因为我天生聪慧，可以一瞬间就把作业做完，而且也不必复习功课。

无须提醒我也明白，每段记忆都是一面银幕。谁知道这段记忆——我最早的记忆之一——隐藏着什么？它已经栩栩如生地陪伴了我整整五十六年，其间是米格尔在玻璃窗另一侧那圆乎乎的笑脸。他并没有被我父亲的粗鲁惹恼；他只是跳回地上。我也没觉得心烦；显然，我被作业本和铅笔的新奇迷住了，而且或许也为家里对我的重视感到高兴，并在内心深处确信我还是可以随心所欲地跑到街上玩，因为羞怯而谦逊如我，最终总是会按自己的方式来。

这很奇怪：在米格尔去世的随后几天里，窗户里他那张一闪而过的面孔仿佛就像我最后一次见到他：一次告别。奇怪，因为那不是最后一次而是第一次。虽然也不是真正的第一次：那只是我记得的第一印象。当我开始描述这段记忆时，脑海中浮现的就是那一场景。我父母和我之所以能那么快意识到他的存在，是因为他每天都来找我。那第一次记忆，尽管它仍然是第一次，同时也是对之前发生过的，对已被遗忘的事情的一种记忆。遗忘绵延不绝，之前和之后；我对第一天上学的记忆是座小小的孤岛。还有一些其他的童年记忆，也同样零散而孤立，飘忽而令人费解。但无论如何，我都很珍惜它们，并对为我保存下它们的筛选装置心存感激。其余的一切都遗失了。这种所谓的"婴儿期失忆"，吞噬我们早年生活的彻底遗忘，是一种特别现象，有各种不同的解释和理论。就个人来说，我倾向于沙赫特博士的解释，其精髓可总结如下：

幼童缺乏语言或文化上的框架来固定他们的感知。现实如激流般冲向他们，不经过词语和概念的系统化过滤。逐渐地，他们形成了框架，他们所经历的现实也相应地被模式化，变得语言化，因而可以被检索，以便它能让自己被有意识地记录下来。沉浸在无理性现实中的那些最初期阶段则完全遗失了，因为那时事物和知觉没有受到限制或并入框架。神秘主义者和诗人们所梦寐以求的，对现实的直觉性吸收，是儿童每天都在做的事。在那之后的一切都必然是一种贫化。我们要为自己的新能力付出代价。为了保存记录，我们需要简化和系统，否则我们就会活在永恒的当下，而那是完全不可行的。尽管如此，认识到我们失去了多少还是会令人感到遗憾：不仅是完全吸收整个世界的能力，所有那些丰饶和神韵，还包括在那期间所吸收的东西，一份消失的珍宝，因为它无法被储存在可检索的框架内。

　　沙赫特博士的著作，以其客观、科学的口吻，避免了在这种情况下极易出现的那种虚假诗意。它同时也避免举例子，因为那也必然会导致某种诗意的篡改。诗是由词组成的，而一首诗中的每个词都是那个特定的词在其日常使用中的一个例子。要给出一个真正合适的例子，每个词都必须被附上一大堆说明，用来涵盖，或者至少提示出整个宇宙。我们看见一只鸟在飞，成人的脑中立刻就会说"鸟"。相反，孩子看见的那个东西不仅没有名字，而且甚至也不是一个无名的东西：它是（虽然在此出于谨慎应该使用动词成为）一种无限的连续体，涉及空气、树木、一天中的时间、运动、温度、妈妈的声音、天空的颜色，几乎一切。同样的情况发生于所有的事物和事件，或者说我们所谓的事物和事件。这几乎就是一种艺术作品，或者说一种模式或母体，所有的艺术作品都源自它。此外，当思想试图探查自身的根源时，它或许会不知不觉地想要回到它存在之前的时间，或者至少想要将自己一点一点地拆开，看看其中隐藏了什么财富。

　　这也会改变所谓怀念童年"绿色天堂"的含义：或许我们所向往的并不完全是（或者根本不是）那种天真的自然状态，而是一种无比丰富、更加微妙和成熟的智力生活。

　　我相信，我遗失的所有早年记忆都记录在我那段时间看的两千部电影里。我将试着通过描述米格尔和我想出的一个游戏，来阐明那一庞大记录的特性。我说过《西北偏北》——或者说《国际阴谋》，就我们所知——让我们印象深刻，也许并不比其他许多电影深刻多少，但却是以一种不同的方式。看完电影之后，我们决定创建一个致力于国际阴谋的秘密组织。现在回想起来，"国际"和"阴谋"这两个词组听上去的感觉想必触发了我们最初的创意：阴谋，其本身就是个有阴谋感的词，可以用来指代几乎任何事情；而国际，暗示着重要性，普林格莱斯之外的世界。当然，没有机密，一切就毫无意义。机密是所有一切的中心。

　　我们拥有最简易和最安全的保密手段，那就是作为儿童，让大人们觉得，好吧，没必要去研究我们的游戏，因为它们属于另一个星球，跟他们的现实无关。我们一定知道——很明显——我们不管做什么都不会引起大人们的丝毫兴趣，这贬低了我们机密的价值。为了让秘密成为秘密，它必须不为人知。由于我们没有其他人，我们就只能不让我们自己知道。我们必须想办法将自己一分为二，而在游戏的世界里，那也并非完全不可能。

　　我们将自己的组织命名为"ISI①"，它立刻运转起来。最基本的规则，我说过，就是保密。我们不允许向对方谈起ISI；我不应该发现米格尔是组织成员，反之亦然。交流通过放在一个双方商定的"信箱"中的匿名密件来进行。我们说好那是街角一栋废弃空房的木门上的一道裂缝。一旦我们确立了这些规则，我们就假装已经彻底忘了ISI这回事，开始玩起另外的游戏，虽然我们脑中充斥着各种事先编好的计划：密谋、调查，以及令人震惊的内情。我们都急着回家写下第一份密件，但我们必须掩饰自己的焦躁，于是我们继续玩，随着文本在脑中成形，我们变得越来越心不在焉，直到夜幕降临。直到那时，才能有些合理的借口（"我要去做作业了"或者"我要去洗澡了"），可以让我们分道扬镳各自回家。

　　这些规则，如你所见，十分地正式。我们不担心内容：它会自然生成。结果我们发现，根本不缺材料。相反，材料太多。每张纸上都写满了文字和图画；有时我们需要两张纸，折成的纸团厚得都难以塞进裂缝。纸是我们从学校作业本上撕下来的：那是我们仅有的纸张来源，那个粗放的年代他们把纸做得又厚又硬，以抵挡橡皮的攻击。我们

---

　　① ISI（International Secret Intrigue），"国际秘密阴谋"的缩写。

学会了折叠的艺术，说不定甚至靠自己发现了一张纸对半折不可能超过九次。

我们都写了些什么？我不记得我们是怎么开始的，无疑是通过编造某种迫在眉睫的危险，或者互相发出拯救世界的命令，或者指出敌人的行踪。情况变得越加紧张——当我们开始互相指责对方疏忽、告密，以及背叛，或者仅仅简单地说对方是混入ISI队伍的危险的敌方奸细时，威胁和死刑判决屡见不鲜。与此同时，我们继续在一起玩，看电影，建树屋，在学校对面的空地上玩扔石头大战（这种危险的游戏是当时孩子们的最爱），用我们的弹弓练习打靶。当然，我们从不提及ISI。我们过着一种平行生活。而且我们无须假装；一切都是自然而然的。我们已经将自己一分为二。

儿童很快就会厌倦某种游戏，我们也不例外。即使最令我们兴奋的游戏没几天也会被抛弃。ISI游戏能持久是因其特殊的形式，虽然我也不确定让它与众不同的到底是分裂还是秘密。我得说它也并非完全能逃脱一般游戏的命运，一两个礼拜后最初的狂热便渐渐消失了，但书写密件的体系保证了它有一种在某种程度上独立于我们之外的连续性。

我们开始忘记去那扇红色旧门那儿查看有没有新的密件，如果我偶然经过，看见一团白色纸卷塞在裂缝里，我就会把它抽出来，却多半会发现，那是我最后留下的密件，它已经写好放在那儿如此之久，我都不记得它说了什么，因此我会兴致勃勃地把它读上一遍，然后再放回去。

也有可能那份旧密件是米格尔写的。不管怎样，那个游戏的所有内容会瞬间涌回脑海，让我（或米格尔）热情焕发，升起一种责任感和忠诚感，以及对发明了如此非凡娱乐的头脑（谁的？）的崇敬。那个年纪一切都在飞速发展，尽管我们还是孩子，我们已经把遥远的ISI游戏创造者看成智商缺乏的幼儿，并为他们的早熟感到震惊；我们不可能想出这个游戏，鉴于我们的年龄和教育。我们无法相信，我们过去的那个自我显得古老而落后。不过，我们还是会很快写出回复。当然，不管是我们中的哪个，都很高兴有机会展示一下在此期间我们学到的东西。我们把回信放进裂缝，接下来的一两天，我们会每半小时就跑过去看看有没有回复，根本没意识到ISI距离另一个玩家的记忆有多遥远，正如在我或米格尔碰巧看到那卷纸条之前的情形那样。然后这种关注很快就会被别的事情取代，渐渐遁入遗忘。

可以毫不夸张地说，这种时间中断开始变得极为漫长。当我们其中一人再次经过那扇风吹雨打、油漆斑驳的破门，注意到门上的某条裂缝里有条白色的细纸卷，并问自己那是什么的时候，那种间隔似乎已跨越了我们人生的各个阶段，似乎我们所有的身体细胞都已焕然一新。比方说那个人是我。出于纯粹的无聊和好奇，仅仅因为无所事事，我才把它抽出来，还费了点劲，因为时间和雨水已经将它牢牢地卡在里面。那是一团破旧、褪色的纸卷。展开时它沿着折痕断开了。上面写着些什么，墨水已经掉色、渗开，但文字仍然清晰可辨；书写的笔迹很孩子气，穿插着地图和草图，以及用恶狠狠的大写字母写的警告，带着下划线和惊叹号。刹那间，这会激起一阵兴奋，似乎有可能它与什么重要事件相关，比如绑架或告密……那种情况下，它应该被交给警方。但不，这太荒谬了。突然记忆回来了，仿佛来自很遥远的远方：ISI！亲爱的老ISI……那个我们发明的游戏……那么多回忆，那么多怀念！但随后我就会想：这次轮到我回复了。他会无比吃惊地发现，我还在调查，还在准备继续！

这是真的吗，像我记忆中那样，这种情形会不断发生、周而复始？也许我错了。如果事情真像那样，那么我的童年，以及米格尔的童年，就可以一直延续千万年，而我们直到今天也依然还会活着。

2011年1月22日

第四篇

El Carrito
购物车

奇迹只会在夜间显现,当嘈杂让位于一种诡异的宁静时不过却无人欣赏。极为偶然地,清晨上班的理货员会吃惊地发现那辆购物车迷失在靠近速冻柜台的超市尽头,或者夹在昏暗的酒架中间。

购物车

在我们街区的一家超市里，有辆购物车会自己滑行，不用人推。它外表跟别的购物车完全一样，由粗铁丝制成，有四个小小的橡皮轮（前面一对轮子更加靠近一点，这便是它外形的独特之处），外加一根包裹着亮红色塑料的把手，以便操控方向。没有任何东西能将它跟其他两百辆购物车区分开来，它们都属于那个巨大的超市，这个街区最大最繁忙的超市，但只有我说的那辆购物车会自己滑动。不过，它这样做时会无限谨慎：在开张营业到打烊这段被嘈杂主宰的时间——高峰期就更不用说了——它的行动根本无人注意。它像所有其他的购物车一样被使用，里面装满食物、饮料和清洁用品，在收银台被清空，仓促地从一条通道被推到另一条通道，如果购物者看见它在顾客放手的情况下滑行了几分之一英寸，也必然会以为那是因为惯性所致。

奇迹只会在夜间显现，当嘈杂让位于一种诡异的宁静时，不过却无人欣赏。极为偶然地，清晨上班的理货员会吃惊地发现那辆购物车迷失在靠近速冻柜台的超市尽头，或者夹在昏暗的酒架中间。他们会很自然地以为，它是前一晚被错放在那儿的。在如此一个庞大的迷宫式场所，这样的疏忽在所难免。如果那辆购物车正在移动时被他们发现了，如果他们恰好也注意到了那种移动——那种如手表分针走动般不起眼的移动——他们则会将其归因于地板的坡度，或一阵风什么。

事实上，那辆购物车整晚都在四处转悠，沿着通道来来去去，缓慢而安静，就像一颗走路的星星，从未犹豫或停止。它巡视着自己的领地，神秘、令人费解，它神奇的本质隐藏在平庸的外表之下：一辆毫无特别的超市购物车。超市员工和顾客都忙得无暇去察觉这个秘密现象，反正，这对任何人或事来说，都毫无意义。我是唯一一个注意到它的人，我想。实际上，我对此非常确定：专注力在人类中非常缺乏，而这件事需要投入大量的专注。我没有告诉任何人，因为它太像那种我常常凭空臆造出的幻想，我已经因此而获得了癫狂的美誉。在那儿购物的这么多年里，我学会了通过红色把手上的一个小标志来认出我那辆特殊的购物车；不过其实我根本不需要看那个标志，因为即使从远处也会有某种东西告诉我：那就是它。每次我找到它，就会有一股愉悦感和信任感涌上心头。我把它看成一个朋友、一个友谊的对象，也许是因为在这件事中，物体的惰性被那种微弱的生命震颤激活了，而那种震颤，是一切幻想的起点。或许，在我潜意识的一个角落，我对它心存感激，因为它跟这个文明世界里所有其他的购物车都不同，而且这种不同除了我它没有向任何其他人显现。

我喜欢想象它在孤独而寂静的午夜，十分缓慢地滑行着穿过黑暗，像一只布满洞眼的小船，出发去寻求冒险、知识，以及爱（为什么不？）。但它能发现什么呢？在一大堆乳制品、蔬菜、面条、软饮料和豌豆罐头中间。那就是它所知的全部世界。但不管怎样，它没有失去希望，而是继续自己的航行，或者说从未中断，就像一个明知自己的努力都是徒劳，却仍然不断尝试的人。他的坚持来源于他寄托在平庸日常之上的渺茫希望、变形的希冀，而且他已将这种希望钉入了梦想和预言。我想我很认同它，而且最初让我发现它的，正是那种认同感。荒谬的是，作为一名感觉与自己那些文学同事如此疏远，并且格格不入的作家，我竟然与这辆超市购物车萌生出亲近感。甚至连我们各自的技术手法也很相似：以难以察觉的极慢速度推进，最终积少成多；眼光看得不远；城市题材。

鉴于所有这些，你可以想象我的惊讶——当我听到它说话时，或者，更确切地说，当我听到它说出的话时，我怎么也想不到它会发出那样的声明。它的话像冰尖一样刺穿了我，迫使我重新考虑这整个状况，起初是我只是为这辆购物车感到忧伤，紧接着我开始悲叹自己的人生，这种哀叹感不断扩张，以至于最后，我开始对奇迹感到可悲。它开口说话这个事实并没有让我吃惊；对此，我心里已有所准备。也许我感觉我们的关系已经发展到了某个点，已经适合运用一些语言符号。我知道它要对我说点什么的时刻已经到了。（比如它崇拜我、爱我，或者永远支持我。）我在它旁边蹲下来，假装系鞋带，这样我就能把耳朵贴到它一侧的铁丝网上，我就能听到它的声音，一种来自彼方世界的低语，但听上去无比清晰和确定：

"我是恶魔。"

2004年3月17日

Le Revista Atenea
雅典娜杂志

我们已经超越了感官和直觉，跃入了纯科学的范畴，然而——这是个超级悖论——正是在那儿，我们发现了真正的"雅典娜"，以"单"刊的形式，诞生于我们的脑海。

雅典娜①杂志

二十岁时，阿特瑞和我办了一份名为《雅典娜》的文学杂志。带着青春的热情和一种狂热的使命感，我们将自己的身体和灵魂都献给了这份杂志：写作、排版、印刷，以及发行……或者至少是对这些活动的详尽规划。我们安排进度，评估预算，虽然对出版业一无所知，但我们自信自己对文学无所不晓，并且很乐于承认"将文学传输给读者"是个我们不太了解的技术活。我们从未涉足过出版业，对于出版前后必须要做什么没有丝毫概念。但我们边问边学，许多人给了我们不少有用的建议、警告和指导。有长

①雅典娜，希腊神话中的智慧与战争女神，传说她是众神之父宙斯与女神墨提斯之女。因有预言说墨提斯所生的儿子会推翻宙斯，宙斯惧怕预言成真，遂将墨提斯整个吞入腹中，此后宙斯得了严重的头痛症，不得不让火神打开他的头颅。令奥林匹斯山诸神惊讶的是：一位体态婀娜、披坚执锐的美丽女神从宙斯裂开的头颅中跳了出来——她就是雅典娜。

期自助出版经验的诗人，出过十种知名短命杂志的编辑、书商、出版商，他们全都特意抽出时间告诉我们该怎么做。我猜对他们来说我们显得如此年轻，只是两个孩子，又如此热切地学习和追寻梦想，他们想必被自己那种父亲式的关心打动了，或者希望我们的天真能如炼金术般转化他们的失败，为诗歌、爱情和革命带来期待已久的胜利。

自然，一旦我们收集全所有必要的信息，开始计算费用，我们便发现事情不那么简单。最大的障碍存在于经济方面，而其他问题都可以解决，总会有办法；这方面我们不乏自信。但我们必须有钱。而我们很快就意识到——当我们最初那羞怯的请求遇到无法逾越的屏障时——没人会二话不说就给我们钱。那时也没什么资助机构可以申请出版补助。幸好，我们的家庭经济宽裕，对我们也很支持（在一定程度上）。我们还有另一个优势：青春无畏，没有负担或责任，不考虑遥远的将来。我们准备押上自己所有的一切，毫不犹豫。实际上，我们一直以来都是这么干的，因为我们基本上是过一天算一天。

我们设法先凑足了钱支付第一期的费用。或者说我们希望，当要去印刷厂提货的那一刻来临时，我们可以拿出合适的数目。消除了财务上的疑虑，我们便开始着手对稿件进行整理、组织和评估。由于我们的观点和品味很一致，所以没什么争执。我们任由自己的想象力天马行空，发明新的刺激，发现新的作者，为被遗忘者正名，翻译我们钟爱的诗篇，起草自己的宣言。

虽然被这项计划的文学性弄得心醉神迷，但我们从未忘记钱的问题。一刻也没有。因为忘不了，因为一切都要靠它，不仅是杂志的存在与否，还有它的外观形象，我们要放进去的插图（那时候，印刷文字以外的任何东西都要用上昂贵的金属制版），尤其是杂志的页码，都和预算有着紧密的联系。在印刷厂，他们给了我们一份针对各种尺寸和用纸，不同组合的临时"价目表"。在用纸上，我们发现区别很小。可以是三十二页，或六十四页，或……印刷厂是按"印张"多少算的，我们从未真正搞懂那到底是什么意思。仁慈的是，他们简化了给我们的选择。然后我们自己再将其复杂化。

关于杂志的出版周期，我们苦思冥想了很久：月刊？一年两期？一年三期？如果纯粹由我们做主，单靠我们的热忱就行，我们会把它做成周刊或双周刊。稿件和热情我们都不缺，一切都取决于钱。最终我们采纳了西格福瑞德·兰德利——我们的军师之一——的看法：文学杂志可以不定期出版。对此，任何人都会接受；文学本来如此。当我们自己也接受了这点时，我们发觉不定期出版并不会迫使我们放弃杂志征订的想法。我们只需将订阅方式从一段时间（"年度"）改为发行期数（"六期"）。

如今重新审视所有这些细节，它们显得幼稚得近乎荒谬，但它们是一段学习的过程，也许新一代也在重复这些教训，必要的修正，正如对诗歌与知识的爱永远会复活。杂志拥有订户的前景，以及，更简单地说，把这份工作干好的欲望，将我们带入了一个更为错综复杂的领域。普通的零售也很重要：我们觉得，无论我们的读者是否订户，他们都有权得到一件会长期持续的产品。当然，订户就更有权了，因为他们要预先付款。持续性对我们也很关键。一想到我们的杂志可能越办越差，一期不如一期，我们就心烦意乱。但对此我们也没办法。事实上，我们连能不能凑够钱出第二期都没法保证。本着一种可敬的务实精神，我们决定对销售额忽略不计。甚至更进一步，对于全力以赴地向亲朋好友借钱这点，我们也预计到自己会渐渐松懈。基本上，问题就在于：我们能否把《雅典娜》出到第二期？然后第三期？然后源源不断，从而创造一段历史？答案是肯定的。只要我们能办出第一期，我们就一定能把它接着办下去。

我不知道我们是不是互相把对方催眠了，或是对文学的狂热献身让我们不管什么都信，总之我们最终说服了自己。一旦确定我们的冒险会继续下去，我们就觉得可以享受一下微调的乐趣。我们的指导原则是要达到一种均衡。每一期杂志在所有的数量上都必须对等，页码数、稿件的量，以及"比重"。怎样才能确保这点呢？我们想到了一种极为奇妙的解决办法。

我们注意到文学杂志经常会出合刊：比如，在第5期后，他们会推出6-7期合刊，页码是平常的两倍。他们常常会在时间落后时这样做，而我们不会出现这种情况，因为我们已经选择了不定期出版。但这给了我们一个灵感。为什么不换个做法呢？那便是，以两期合刊作为开始，1-2期合刊，但没有双倍的页码，还是我们已经定好的三十六页。这样一来，我们就有了保障：如果我们不得不让第二期薄一点，那么就可以出单独一期：第3期。另一方面，如果我们能保持同样水准，那么就再出个合刊，3-4期合刊，只要杂志能成功，我们就可以一直这样继续下去，既有充分的可能随时减少页码，又不会显得丢脸。

我们其中一人必定想到了"双期"并非合刊的上限：它也可以是三期合刊（1-2-3），四期合刊（1-2-3-4），或者任何我们喜欢的其他倍数。三期合刊倒还有例可循：很罕见，必须承认，但的确有。可我们没听说过有任何超过三期的合刊。但对我们来说没有理由因缺乏先例而止步。

正好相反，我们杂志的全部目标，就是完全彻底的创新，发扬时代精神，创造出非同寻常和闻所未闻的作品。同时，双期方案之所以没有得到我们的立即认可，也有现实方面的原因。从严格的逻辑角度看，如果我们必须削减页码，谁说我们一定只能削减刚好一半？要是那样反倒很怪。我们很可能会因缺乏资金、通货膨胀、筋疲力尽，或各种各样的意外情况而导致办刊能力下降，所有这些情况在严重程度及发生概率上都不可预测，从而我们完全有可能不得不砍掉超过一半的页码……或者更多。因此，以三期合刊（1-2-3）开始就给了我们更多灵活性：我们可以砍掉三分之一，或三分之二，于是第二期可以是两期刊（4-5），也可以是单刊（4）。但假若一切如愿，我们能设法保持冲力，那么第二期就将还是三期合刊（4-5-6）。这种投机取巧的方式颇为独特，它如此简洁而无懈可击（就前提而言），让我们既兴奋又着迷，甚至跟文学创作本身的神奇相比，也有过之而无不及。

我们只想把事情做好。我们并没有看上去那么疯狂。毕竟，编一份文学杂志，以我们当时采取的方式，是一种毫无理性的行为，其游移不定的灵光乍现，更像是艺术或者玩耍，对我们而言，它似乎在未来与我们刚逝去的童年之间搭起了一座桥梁。虽然，从我们那理论上的完美主义看，这是如此典型的儿童游戏，说明我们的童年还未完全逝去。举例来说……

三期合刊排除了削减正好一半篇幅的可能性。这种可能性，我们已经确定，由于其严格的对称，不太可能切合现实，但即便如此，我们还是很伤心被剥夺了这种可能。特别是因为，我们根本无须让自己被剥夺任何东西：我们只要以四期合刊（1-2-3-4）开始就行了，那样我们就仍然有砍掉一半的可能性（接下来可以是两期合刊：5-6），或者如果我们的资金减少得不那么厉害，我们就可以只砍掉三分之一（那么四期合刊之后就是三期合刊：5-6-7），或者如果由于懒惰或缺乏远见或不可抗力，逼迫我们不得不采取严重的减支措施，第二期就会是单刊：5。但如果，要是老天有眼，我们便将推出正常的新刊，也就是四期合刊：5-6-7-8。

我们一刻也没想过，要让第一期出得比我们最初设想的厚三四倍。最早的那些想法仍然保持不变，它们既理性又适度。我们从未想过要把它做大；正如早就设计好的，第一期三十六页，这对我们来说似乎很完美。稿件几乎已经全了，打印得工工整整；只有几个关于排序的问题还有待解决（应该把诗和散文分类放还是穿插着放？），以及要不要发某个短篇小说，要不要加上或拿掉一首诗。都是些微不足道的小问题，我们确信它们自然而然就会得到解决的。假如不行也没什么关系：我们希望《雅典娜》稍稍有点自发的、凌乱的感觉，这样才像一份地下杂志。况且，既然没人在后面盯着，我们便可以优哉游哉地继续筹划未来。

所有这些都是理论上的，这让我们可以肆无忌惮地大胆推测，就像发现了一种出乎意料的自由。也许这正是自由的本意：一种发现或创新。的确，有什么能阻止我们超越四期合刊，将其变成五期合刊，或者六期合刊……？再超下去，我们就不知道该怎么称呼了（如果它们有称呼），但这本身就是一个证据，说明我们正在闯入一个未经开拓的文学处女地，而那正是我们这个项目的终极目标。我们伟大的前卫文学冒险正拉开序幕。

如果我们将第一期《雅典娜》设为十期合刊——1-2-3-4-5-6-7-8-9-10——我们就会一劳永逸地，在未来杂志的页码问题上获得一种不可思议的灵活性。我们便可以应对一切突发状况，可以根据我们的拮据程度随意削减，而不必让自己非得屈从于近似值。如果第一期的费用是一千比索①（一个假想数目，纯粹是为了便于演示），而它是十

————————

①比索，阿根廷货币。

期合刊，那么如果我们第二期缺钱了，只能筹到七百比索，我们就可以出一份七期合刊（11-12-13-14-15-16-17）。如果五百比索是我们全部所得，那它就将是五期合刊（11-12-13-14-15）；但如果我们又弄到了一千比索，就将有另一份十期合刊（11-12-13-14-15-16-17-18-19-20）。而如果我们实在太懒散，筹集到没超过一百比索，我们就会让下一期是单刊：11。只包含一个数字的单刊，将是我们的最低限。反正不管怎样，第一期都是"正常的"。

的确，如我所说，我们发现这些空想令人兴奋不已。即使在今天，这么多年后，写下这些文字，我仍然能感觉到那种兴奋，仍然像当初那样对它心领神会：这是个被颠覆的世界，我们带着青春的激情闯荡其中——年轻人面对生活中发生的一切都会激情迸发。难道那不正是文学的定义：被颠覆的世界？至少，那是我们想象和希望中的文学：前卫，乌托邦，革命性。我们热衷于逆潮流而行：梦想通常是梦想伟大，但我们梦想渺小，而且这是一种新型梦想：一种精确与运算之梦，用一种前所未有的、真正的数学方程式的格式创作诗歌。我们将自己的项目视为我们所崇拜的皮卡比亚①的机械绘画的文学版。

――――――――――

①弗朗西斯·皮卡比亚（Francis Picabia），法国画家，立体派和达达主义的代表人物之一。

我们在这条路上继续前行，策马飞奔。为什么我们要受限于十以内的数字呢？或许，这有实际的、具体方面的原因。如果我们不得不大幅缩减开支，它将决定我们的最低页码：三页。一份少于三页的杂志（如果在某些时候，不可抗拒的经济因素迫使我们只能出单期刊，那么它就将是三页）将不成其为杂志。这种实际的、具体的限制并不会让我们退却，但我们姑且先遵循它，先试试看。我们在论证中发现了两个漏洞，在此，我简要地列举如下：首先，可以有比三页更少的杂志。它可以只包含单独一页。此外，更重要的是，十期合刊的十分之一不是三页，而是3.6页，因为《雅典娜》的创刊号依照的是印刷厂的标准格式，我们已将其作为页码的定额：三十六页。

所以，可想而知，我们开始考虑第一期可以是所谓的三十六期合刊。即1-2-3-4-5-6-7-8-9-10-11-12-13-14-15-16-17-18-19-20-21-22-23-24-25-26-27-28-29-30-31-32-33-34-35-36合刊。这将容纳几乎所有的可能性。为什么我们之前没想到呢？为什么我们会把时间浪费在什么三期合刊、四期合刊和十期合刊上，而其实鼻子底下就有这么明显的解决方法？印刷厂的"印张"应该从一开始就让我们想到这一点，从我们发现它存在的那一刻，那著名的"印张"，如今终于在我们眼前绽放了，就像一朵时间中的玫瑰。

问题是怎样才能在封面上放下这些数字。在标题和日期之间，有足够的空间留给所有那些数字，以及破折号吗？那样做会不会有点荒谬？还有个方案是用缩写的"1-36号"来作为替代，但出于某种原因我们发觉这同样令人无法满意。为了表示挑衅，我们决定反其道而行之：用数字填满封面，巨大的数字，分成九行，每行四个。当然，没有任何解释：我们从未幻想过要向读者解释我们的应急方案。

这又让我们面临一个严肃的问题：无论我们是否提供解释，人们总会去寻求解释——那是人之本性。三十六期合刊暗示着一种明显的解释，而且它会令每个人都感到信服。即封面上的数字与杂志的页码数有关。事实上，它们的确有关，但并非以表面上那种显而易见的方式。这种关联彻底毁掉了这一创意的乐趣，它立刻就被我们抛弃了。就在那一刻，我想我们意识到，其实我们从未对三十六期合刊真正满意过。

从三十六期合刊的馊主意里挣脱出来的我们，终于得到了彻底的解放。我们纵身跃向真正的大数，先是一千，然后一万。一万。但最多一万。我们本来可以更狂野，继续上升到百万，或者亿万；但我们正致力于一项极为具体而实际的工作——制作一份杂志——而不是疯狂地胡思乱想。我们并不打算抛弃我们的务实精神，虽然那种平庸的、小店主式的务实从未入过我们知识分子的法眼。"一万"保证了绝对的独创性，又不会演变成不可行的闹剧。我们拿起纸笔，白纸黑字地开始统筹计划，以确保万无一失。

做一期由一万个合刊组成的杂志意味着"单"刊将是0.0036页。我们可不是数学天才。我们必须一步一步地运算，将它全都视觉化。这让整个过程更加乐趣非凡，等于是在奇异新颖的想象间展开的一场探险。怎样才能做到0.0036页呢？方法是：如果我们以十倍的级数减少杂志页码，那就是3.6页；如果我们以百倍减少，那就是0.36页，也就是说，比三分之一页或十分之三页多一点；如果以千倍减少，那这份杂志就是0.036页长，即，比百分之三页多一点；而如果我们把级数提高到万倍，那么杂志被减到"单"刊时，那一期就将由0.0036页构成。换句话说，也就是比千分之三又二分之一稍多一点点。同时我们也必须将它们视觉化，以便意味对与它相关的一切都有个清晰的认识。参照印刷厂给我们准备的支出预算，我们看到，根据我们的资金，我们为第一期选择的版面尺寸是"8×6"英寸。因此每一页的面积是48平方英寸。除以一万，得出0.0048平方英寸，然后必须再乘以3.6（因为前面得出的数字是万分之一页的大小）。结果是0.01728平方英寸……我们要四舍五入吗？不，对于让我们狂喜的那种魔力来说，精确是关键，或者说是关键之一。如果我们没搞错的话（我们的计算用了好多张纸），0.01728平方英寸是一块高0.1516英寸、宽0.1140英寸的长方形区域。这可不那么容易视觉化。要以想象力作为显微镜，去看见那样一个分子颗粒，那样一个悬浮在瞬间阳光下的微尘（它看上去轻得根本放不稳），是一项徒劳的尝试。我们已经超越了感官和直觉，跃入了纯科学的范畴，然而——这是个超级悖论——正是在那儿，我们发现了真正的"雅典娜"，以"单"刊的形式，诞生于我们的脑海，正如我们借用其芳名的这位女神，也是诞生于她父亲的脑海。

2007年5月21日

El Perro
狗

它的叫声一往无前地响彻整个车厢,它那带着耀眼白牙的尖嘴即将碰上我的肌肤,而它那闪亮的眼神,未曾有片刻离开过我。

狗

　　我在一辆巴士上，坐在窗边，看着外面的街道。突然，附近有条狗开始大声狂吠。我想去看它在哪儿。其他有些乘客也是。巴士上并不太挤：座位都坐满了，只有几个人站着；他们有看到那条狗的最佳位置，因为他们望出去的角度更高，而且可以看到两边。即使对坐着的乘客，比如我，巴士也提供了一个升高的视野，正如马之于我们的祖先：用法语说就是"Perspective Cavalière"，等角透视。那就是为什么我喜欢巴士胜过轿车，后者的座位太低，太接近地面。犬吠声来自我这一侧，人行道这一侧，这很合理。但即便如此，我还是看不见那条狗，因为我们开得很快，我估计已经太晚了；我们应该已经把它甩到后面。它激起了通常会围绕某个事件或事故而产生的那种轻微的好奇，不过这一次，除了吠叫的音量，几乎没有迹象表明有什么事发生：人们在城里遛的狗很少叫，除了会对别的狗叫几声。所以这时乘客的注意力已经开始涣散，而突然它又被调动起来：狗叫声再次响起，比之前声音更大。接着我看见了那条狗。它正在沿着人行道奔跑，对着巴士狂吠，它跟在后面，全力以赴想追上来。这太奇怪了。在过去，在乡镇和城郊，狗会追着汽车跑，对着车轮狂叫；那是我小时候在普林格莱斯记得很清楚的场景。但现在不会了，似乎狗已经进化了，已经对汽车的存在习以为常。而且，这条狗并不是在对着巴士的车轮叫，而是在对着整辆车叫，昂着头，盯着车窗。现在所有的乘客都在看。难道是狗的主人上了巴士，忘了它或抛弃了它？要不也许是车上有人攻击或抢劫过狗的主人？不，这辆巴士一直在沿着督府大道开，好几个街区都没停，而只是在目前这个街区那条狗才开始它的追击。更复杂的假设——比如，这辆巴士轧死了狗的主人，或其他狗——也可以被排除，因为根本不可能。这是一个周日下午，街道相对较空：一起事故不至于会没人注意。

那条狗个头相当大，毛色深灰，尖尖的长嘴，介于纯种犬和流浪犬之间，虽然在布宜诺斯艾利斯，至少在我们正经过的地段，流浪犬已成为过去。它的体形还没大到让人看一眼就害怕，但也足以在它发怒时对人构成威胁。而现在它似乎就在发怒，或者，更确切地说，是绝望、发狂（至少就此刻而言）。驱使它的动力不是（至少，就此刻而言不是）攻击，而是一种急切的渴望，想追上巴士，或者让它停下来，或者……谁知道？

赛跑在继续，伴随着狂吠。巴士加速前进，它刚在前一个街角被红灯耽搁了。它一路贴着人行道行驶，而那条狗也在人行道上奔跑，并渐渐掉到后面。我们已经快到下一个交叉路口，看上去追击会在此结束。然而，令我们惊讶的是，那条狗穿过了又一个街区，继续穷追不舍，它也在加速，同时狂吠不止。人行道上没什么人，否则像它那样横冲直撞，视线紧盯着巴士车窗，势必会把行人撞飞。它的叫声变得越来越响，震耳欲聋，淹没了马达声，充满整个世界。某件本来从一开始就该很明显的事最终浮出水面：那条狗看见（或闻到）了这辆巴士上的某个人，它正在追那个人。一个乘客，我们中的一员……其他人显然也想到了这点；大家开始带着好奇的表情环顾四周。有谁认识这条狗吗？怎么回事？是狗的前主人，还是它以前认识的某个人？我也在环顾四周，一边琢磨着，会是谁呢？在这种情况下，你最后想到的人才是自己。这我费了好一会儿工夫才意识到。而且是间接地意识到。突然地，被一种依然模糊的预感所触动，我看向前方，透过挡风玻璃，我看到路上畅通无阻：在我们前方一长排绿灯几乎绵延到天际，预示着飞速而不间断的行进。但紧接着，随着我内心升起的焦虑，我想到我不是在出租车上：巴士每过四五个街区就有固定的站点。的确，如果站点上没人候车，车上也没人按铃要下去，巴士就会一路不停。就目前来说，车上还没人走向后门。运气不错的话，下一站也会没人。所有这些思绪都同时涌向我。我的焦虑感在继续增强——几乎就要发现那个不言而喻的结论。但这被当时的紧急状况推迟了。有机会让我们一直不停地开，直到那条狗放弃追击吗？我的视线只移开了几分之一秒，然后我又去看它。它还在狂追，狂吠，像着了魔似的……它也在看着我。我明白了：它是在对我叫，我就是那个它要追的人。那种突如其来的灾难能够招致的恐惧感向我袭来。我被那条狗认出来了，而它正对我穷追不舍。虽然，一时情急之下，我已经决定否认一切，不供出任何事情，但在内心深处，我知道它是对的，而我是错的。因为我曾虐待过那条狗；我对它的所作所为，的确是，说不出的无耻。我必须承认，我从未有过十分坚定的道德原则。我不是要替自己辩护，但这种道德缺失可以部分解释为：从幼年时起，为了生存下去，我必须进行无休止的战斗。这渐渐钝化了我的正义感。我开始允许自己做一些体面绅士不可能做的事。但也难说。我们都有自己的秘密。此外，我的恶行根本算不上真的犯罪。我并没有真正违法。但我也没有像个真流氓那样，把自己做过的事忘得一干二净。我对自己说我会做出补偿，虽然我一直在想到底该怎么做。这是我最不想看到的情况：以如此怪异的方式被认出来，被迫面对一段埋藏如此之深，以至于似乎已被遗忘的往事。我意识到我一直在指望着某种免责。任何人处在我的位置都会这样做，都会假设，首先，一条狗只是一条狗，它的个性将会被其所属的物种所同化，从而最终消失。于是我的罪恶感也会随其消失而消失。曾有片刻，我可鄙的背叛赋予了那条狗某种个性，但那只有片刻。而那片刻居然持续了这么多年——这里有某种超自然的、令人惊骇的东西。不过，当我再仔细想想，一丝希望出现了，而我立刻就抓住了它：时间已经过去太久。狗活不了那么久。如果我把年数乘以七……这些念头在我脑海里翻滚着，与那变得越来越响的、沉闷的狗叫声相互撞击着。不，说时间过去太久是不对的；这种算法只是我延迟自欺的一种方式。我最后的希望是当你面对某种太过严重而无法承受的状况时，那种经典的、否认一切的心理反应："这不可能，这不可能发生，我在做梦，我肯定有哪里搞错了。"而这一次它不仅仅是一种心理反应；它是真实的。真实到我不敢去看那条狗；我害怕它可能会有什么样的表现。但我又太紧张了，没法装得若无其事。我直勾勾地盯着前方。我大概是唯一这样做的人；所有其他乘客都在关注着这场车狗赛跑，包括司机，他不停地转过头看，或通过后视镜看，并一边和前排的乘客开玩笑。我因此而痛恨他：他的分心让车速慢了下来；否则那条狗怎么能一路跟到第二个交叉路口？但即使它一直跟着那又怎么样？除了叫，它还能干吗？它不可能上车。最初的震惊之后，我开始以更理性的方式看待目前的情况。我已经决定要否认自己认识这条狗，我决心已定。它的攻击——虽然我认为不太可能发生（"咬人的狗不叫"）——只会将我塑造成一个受害人的角色，并促使围观者和维护秩序方（如有必要）站在我这边。不过，当然，我不会给它机会。在它从视线里消失之前，我绝不会下车，而它迟早必将消失。126路巴士的终点是莱蒂洛，从圣胡安大道始发，沿着一条迂回曲折的路线前进，很难想象一条狗能一路跟到底。我斗胆瞄了它一眼，但随即又立刻移开。我们的眼神相遇，但我在它眼里看到的并非我所预料的那种暴怒，而是一种无限的悲痛、一种非人的痛苦，因为它超过了一个人可以承受的极限。我对他的不当行为真的有如此严重吗？现在可不是坐下来分析的时候。而且反正结论也只有一个。巴士开始加速。我们穿过了第二个交叉路口，而那条狗——它已经落到后面——也穿了过来，经过一辆因红灯停住的汽车跟前；但即使那辆汽车正在行驶，它也会照样穿过去，它跑得是如此不顾一切。虽然羞于承认，但我确实希望它被撞死。众所周知，这种事情时有发生：有部电影里，一个犹太人在纽约认出了四十年前集中营里的一个犯人头目，于是开始追他，结果被一辆汽车撞倒轧死了。但想起这个故事反而让我沮丧，并没有因为存在先例而提供些许安慰，因为那是发生在虚构中，从而让我的现实状况显得更为醒目。不过，虽然我不想再去看那条狗，但它狂叫声的音量暗示着它正在被甩到后面。那个巴士司机，显然已经开厌了玩笑，已经一脚把油门踩到底。我现在敢转过头去看了。现在这样做已经没有招人注意的危险，因为车上每个人都在看；如果只有我不去看，反而会显得可疑。同时我也在想，这也许是我最后一眼看它；这样相遇的机会不可能再有。是的，它已经毫无疑问地落后了。它看上去变得更小，更可怜，几乎显得荒谬。其他乘客开始笑起来。它就是条筋疲力尽的老狗，说不定已经死到临头。隐藏在这次爆发背后的多年积怨和痛楚使它伤痕累累。这次狂奔会要了它的命。但为了这一刻的降临它已经等了如此之久，它绝不会放弃。它不会放弃。即使它知道自己会失败，它仍然在继续狂奔并狂吠，狂吠并狂奔。

或许，即使当远去的巴士在它视野中消失时，它还是会永远不停地奔跑、吠鸣下去，因为它别无选择。我眼前掠过一幅画面：那条狗的身影印在一片抽象风景（无限）之中，我有点伤感，但那是一种镇定的、几乎具有审美意义的伤感，仿佛当我想象自己看着那条狗的时候，悲伤正从遥远的地方看着我。为什么人们总说往事一去不回？一切都发生得如此迅速，我根本没时间去想。我总是活在当下，因为光是应对当下就几乎耗尽了我所有的体力和脑力。我可以应付突发情况，但问题是我总感到有太多的事情在同时发生，仅仅为了对付当下这一刻，我就必须集中全部的力量，付出超人的努力。那就是为什么不管以何种方式，只要有机会可以让自己放下负担，我就会置道德准则于不顾。我必须剔除任何不是生存所严格必需的东西；我必须不计代价地去获取一丁点的空间，或者说平静。至于这会不会伤害到别人我可不管，因为后果并不会即刻出现，所以我看不见。于是"当下"又一次让我摆脱了一个麻烦的客人。这个插曲在我嘴里留下了一丝苦涩：一方面，有种侥幸逃脱后的轻松；另一方面，则是一种可以理解的同情。做一条狗是多么悲哀。死亡总是触手可及，且无可逃避。而更可悲的是作为那条狗，它抛开了自己族类顺从的天性，却只是暴露出它那从未愈合的伤口。它的身影映衬在布宜诺斯艾利斯周日的光线下，以一种狂躁不止的状态，奔跑并狂吠着——它扮演了一个幽灵的角色，从死者中归来，或者，更确切地说，从生者的痛苦中归来，目的是要得到……什么呢？赔偿？道歉？抚摸？它还能想要什么呢？不可能是复仇，因为它势必已从经验中获知，面对坚不可摧的人类世界，它根本无能为力。它只能表达自己；它已经那样做了，而唯一的所得便是毁掉它那疲惫的老心脏。它已经被打败了，被一辆远去巴士那沉默的、金属质感的表情，和一张透过车窗凝视它的面孔。它是怎么认出我的？我想必已经变了很多。它对我的记忆显然栩栩如生；也许这么多年来我一直印在它脑海中，从未有片刻褪色。没人真正知道狗的脑袋是怎么运作的。也许它认出了我的味道，那并非没有可能；有很多关于动物嗅觉能力的惊人故事。例如，一只雄性蝴蝶可以越过数以千计的干扰气味，闻到数英里外的一只雌蝴蝶。我开始陷入一种超然而智性的沉思。狗吠声成了一种回音，音高参差不齐，时高时低，仿佛来自另一个时空。突然，一阵我整个身体都能感觉到的后坐力将我从思绪中震出来。我意识到自己乐观得太早了。巴士的确提速了，但现在它又再次慢下来：那是下一站在前方出现时司机的惯常做法。他们先是加速，估摸着还有多少距离，然后松开油门，让巴士滑到站台。是的，它正在慢下来，准备停靠到人行道旁。我坐直了往外看。一个老妇人和一个小孩正在等着上车。狗吠声再次变得响起来。难道那条狗还一直在跑？它还没放弃？我没去看，但它肯定已经很近了。巴士已经停下来。小孩跳上了车，但老太婆却慢吞吞的；那个高车门对她这个年纪的老人有点难。我默默地在心里怒吼：快上，老家伙！并焦虑地盯着她的动作。通常，我不会这样说，或这样想，都是因为我所承受的压力，但我立刻就控制住了自己的情绪。其实根本无须担心。也许那条狗能追上来一点，但很快就会又被甩到后面。最坏的情况是，它跑过来，显而易见地正对我的车窗大叫，于是其他乘客就会发现我便是它在追的那个人。但我要做的不过是否认跟这只动物有任何关联。没人能反驳我。我不禁对语言及其相比狗叫的优越性心存感激。那个老太婆正把她的另一只脚放到车门台阶上；她几乎已经上车了。一阵突然爆发的狗吠声让我什么都听不见了。我朝外面的人行道看去。它来了，快如闪电，毛发飞扬，叫声一如既往地响亮。它的毅力简直不可思议。像所有它这个年纪的老狗一样，它肯定也有关节炎。也许它正在做最后一搏。既然在这么多年后终于找到了我，既然可以通过释放怨恨给自己命运一个完满的结局，何必还要做任何保留？一开始（这全都发生在猝不及防的一瞬间），我还不明白到底怎么了，我只觉得有点怪。但随即我就意识到：它没在我的车窗前停下，它继续向前跑。它在干吗？难道它要……它已经跟前门平行，随后，像鳗鱼般敏捷，它转过头，闪身一跃而上。它要上车！不，它已经上车了，并再次转过身，根本无须撞倒那个老太婆——她只感觉到有什么东西贴着她的腿一掠而过——几乎毫不减速，仍然狂吠着，沿着走道奔来……无论是司机还是乘客都没时间做出反应；尖叫正从他们的喉咙中升起，但还没发出声。我本该对他们说：别怕，这跟你们无关，它要找的是我……但我也没时间反应，除了吓得全身冰冷，肌肉僵硬。我倒是有时间看着它向我冲来，我的眼里只有它，其余什么都看不见。靠近了，面对着，它看上去颇为不同。就好像当我之前透过车窗看它的时候，我的视线被记忆或我曾伤害过它的想法歪曲了，而此刻在巴士上，仅一臂之遥，我才看清了它的真面目。它看上去年轻、健壮、灵巧：比我更年轻，也更有活力（这些年来，我的活力已经像浴缸里的水一样渐渐漏光了），它的叫声一往无前地响彻整个车厢，它那带着耀眼白牙的尖嘴即将碰上我的肌肤，而它那闪亮的眼神，未曾有片刻离开过我。

2008年3月16日

第七篇

Los Dos Hombres

两 个 男 人

　　但你看他们——健壮，挺拔，骄傲——我对他们的感觉，与其说是怜悯，不如说是崇拜：在他们身上，我看到了野蛮与恐怖之美。

两个男人

在那两个男人隐居的房子里，我是唯一的拜访者；我常常怀疑是否还有人知道他们的存在。有次，在早年，我玩过一个小时候学的把戏，假扮间谍：我把一根头发夹在前门和门框之间，第二天它还在那儿，纹丝未动。我想我又试过几次，以确保无误，但后来，随着年月的流逝，这种怀疑越来越显得荒诞。我之所以确信这个秘密是安全的，并不是因为有人在为它保密，而是因为周边的冷漠，不可信任，或者说，遗弃感。我从未见过任何邻居；那条街都是些破败的小房子，看上去似乎应该是老年人住的，但如果真是这样，在我去的那些年里，这些人不可能还活着。也许那只是些空房子。

那两个男人似乎一直都住在那儿，只有他们两个，一切都靠自己。即使他们不是在那座房子里出生的（那似乎不太可能），他们也一定是在那儿长大的，藏匿在封闭的房门后面，从不外出，以免暴露他们的畸形。仁慈的监护者将他们隔离在世界的目光之外，这样他们就不会被当成恶魔。其实他们并不是恶魔。除了手和脚，他们跟别的男人没什么不同，甚至更为匀称：体格健壮，带着某种野蛮感、某种动物性的完美，而我们喜欢将这视为野蛮人的特征；但这也可能是他们的生活环境所致。我估计他们的年龄大概在三十到四十之间：正值壮年。他们的面貌、姿态和动作反应都有点类似，但这也可能是一种错觉，源于让他们走到一起的那种极为特殊的环境。我一直不清楚他们是什么关系；一开始那几乎是明摆着的：他们是兄弟，但最简单的推理迫使我放弃了这个想法，尽管它还是萦绕不去，"兄弟"这个词只能在更广义上和比喻意义上适用。更可能的情况是，他们没有血缘关系，他们是因为彼此相对应的畸形而被放到一起，这种畸形是如此奇特，以至于他们注定要成为绝无仅有的一对。

他们中一个双足巨大，另一个则拥有巨型的双手。两种情况的比例基本差不多。"大脚的"的脚和"大手的"手跟他们身体的其余部分一样大，甚至还要更大一点。有巨脚的那个的双手，跟他的其他部位一样，是正常尺寸。而

"大手"则有着正常的双脚。那些超大的肢体实在是惊人：一团庞大的皮肤、骨头、肌肉和指甲，几乎总是放在地上。它们的外形也不太正常：它们不仅巨大，而且肿胀，还有点扭曲变形；或许手脚的外形是通过使用逐渐形成的，而它们从未，或者说很少被使用。

就是这样：一个巨手，一个巨脚。这两个男人迥然不同，但同时，在某种意义上，他们又是同类。那想必是因为两人的相对性，或者说一种不对称的对称，仿佛将他们合二为一就能造出一个有巨手巨脚的男人，或者说仿佛他们是那样一个男人被一分为二的结果……但用另一种方式将他们合在一起也能产生一个完全正常的男人。你必须在脑子里把他们的形象加以拆卸组合，因为这两个男人有某种内在的虚幻和不可思议感，会让你在面对真实场景时——不管你信不信——无法相信自己的眼睛。必定是那种对应的互补性让他们显得相似。

他们控制着自己占据的空间，所向披靡。他们直接充满了它，至少就感觉而言……我简直无法移开眼睛。他们的样子其实很简单，但我总觉得还是不太明白。身体上，他们有大量的活动空间；毕竟，除了手和脚，他们和正常人的体形无异。他们住的房子不大，但也不是特别小。看似在他们来之前，这座房子已经空置多年。在某种程度上，它看上去仍然是空的：几件家具都被推到了角落，立在那儿无人使用，积满灰尘。电源插座上沾着硝石和锈，电线暴露在外。天花板角落有被遗弃的蜘蛛网，丝丝缕缕地悬挂着。我不知道这座房子是否属于那两个男人，或者是他们其中一个继承的，或者是他们擅自侵占的。那只是我从未找到答案的诸多事情之一。令我惊讶的是，作为我生命中如此重要的一部分，我对其状况却知之甚少。的确，我没有任何人可问。我所做的只能是猜测，在我所见的基础上编造出一个故事；但我甚至也编不出多少：一旦我想就此思索一番，一阵不可抗拒的倦怠便向我袭来，一种发自内心的憎恶——那或许是由于某种直觉，担心我的大脑会面临危险。仿佛他们提供的那种景象，始终如一却又始终在变，因某种原因必须保持无言。

他们占据的似乎是最大的一个房间；我不清楚那是不是真的最大，因为我从未勘察过整座房子。我拜访时进过的房间里，那是最大的，而且奇怪的是它并非前厅——那座房子（看上去，像是从后往前建的）的前厅是个小小的起居室，有一扇门直接通到街上——而是位于正后方的一个房间，以前大概是个卧室。那间后屋有一扇窗朝向一个院子，至于院子是大是小，我实在说不上来，因为我从未去看过，即使看了也没什么用，因为窗玻璃是磨砂的。我假定那儿有个院子是因为透进的光。我不知道电是不是通的。我从未在晚上去过房子。我的"探访时间"是在下午三四点钟，如果要去两次，另一次就在正午之前。

以那扇窗为背景，我看着他们，渗进的光线——依天气和季节而变化——让他们或晦暗，或光芒四射，衬出他们的剪影，或让他们的身体布满光亮，就仿佛那光是发自他们体内的。墙面褪色的赭土赋予了那光线一种发黄的人工色调，令人感到轻微的不安。

他们赤身裸体。一开始，我觉得这似乎很自然。毕竟，如果你脚围有近两米，你怎么可能穿裤子？你怎么可能让一只羊那么大的手穿过衬衫袖子？但仔细想想，我意识到那种解释是站不住的。巨脚无法套进裤子的那个还是可以穿衬衫、夹克，或外衣。而另一个，那个手伸不进任何袖子的，则完全可以穿裤子，甚至袜子和鞋，如果他愿意的话，并用斗篷或宽袍之类的东西盖住上身。他们唯一做不到的是以同样的方式穿衣；但如果想穿衣，他们完全可以做到。为什么他们不穿？是他们不想让彼此的差异引起注意吗？或者他们弃绝了人类的生活方式？他们不需要衣服来取暖。说来也怪，在一座几十年没有维护的房子里，这个房间却非常保温。有过一连串极冷的寒冬，但就算那时这座房子也总是出奇的温暖，似乎有加热系统（虽然我从未见过任何种类的加热器，实际上我能确定根本就没有）。正如我说过的，我总是在那个房间看见他们，但这并不意味着他们一直在那儿。我可以肯定的是，每次他们都是在那儿接待我，或者等待我的，就像上台前的演员。他们或许绝大部分时间都待在那个房间，而如果我来时他们恰好在别的地方，他们就会在听到我穿过前门进来的那一刻飞奔回来。我这样说是因为，极为偶尔地，当我走进房间时，他们中只有一个在那儿，另一个几秒钟后才出现。

也许那谜一般的恒温是他们自身引起的，为什么不呢？那很可能就来自他们的身体，或来自他们的巨手和巨脚。没人研究过这些前所未有的畸形；谁知道他们到底拥有怎样的能力和特性？

撇开巨型手脚不说，他们的裸体主义偏好也可以归因于他们的身体运动——那可能已足以让周围保持温暖。有巨脚的那个活动着他的躯干和手臂，身体摇晃，颤抖着，双手举向空中——姿态介于祈愿和伸展之间，抱住头，转过去，向前倾，弓腰，把自己弯成两截，然后向四面八方挥舞双臂，似乎手臂在成倍增加，手指则像虫子般扭动。而另一个男人，他巨人般的双手放在身体两侧的地板上，双腿和双脚剧烈地动来动去，拍打，跺脚，蹬踏。与此同时，那些巨硕的四肢也没有完全静止；带着缓慢的水下动作，它们与身体其他部分那种神经质的抖动相伴随着，就像鱼群之中的巨鲸。

他们不可能一直都如此躁动；也许我看见的只是例外，或是他们特意为我所做的表演，但如果是这样，那也没有任何规律可言，因为有些天我会发现他们无精打采，或僵硬得如同雕像，有时甚至连眼都不眨，看上去了无生气。也许他们在轮休，或者比赛，或者在玩。我实在无法知道他们的日常安排是怎样的：如此绝无仅有的个体，对于他们的心理，从我有限的观察或思索中根本推断不出什么。尽管这些年来我们每天都见面，但我跟他们之间从未有过真正的交流。并不是因为他们不会说话。至于我，我得说我相当健谈，特别是当我跟自己熟悉并信任的人在一起时，而那正是最终我对他们的感觉，或许甚至从一开始就是那样，纵然我们之间始终有条无法逾越的鸿沟。我们不交谈的原因是我们无话可说。将我们分隔开的差异实在过于巨大。不，也没那么大。我收回刚才的话。最终，一切不过是尺寸问题，一种纯粹的数量上的差异，可以说。但它只适用于部分而非整体——以某种不正常的、差异性的方式。我十分理解，如果一个人有那样的巨手，或巨脚，他就不可能像其他人一样过日子。如果生命是一张拼图，其中每个碎片都必须各就其位才能拼出完整的图案，那么当有个碎片比其余的大一千倍时，你该怎么办？我正是因此而被判处了沉默。只有能为那个问题提供一个答案、一个解决办法，才有资格跟他们说话。而我没有答案，也没有解决办法。出于某种我一直无法完全理解的原因，我告诉自己，我将是那发现解决之道的最后之人，但或许我的失败也是唯一的。

这种交流的缺乏也可归因于我拜访时间的短暂。他们让我想到"出诊"这个词，一种形容来去仓促的口语表达，意味着没有多余时间来进行放松的对话，完全是那种典型的事务性拜访——年轻人看望老人，健康者看望病人，忙碌的成功者看望孤单单的闲人……但我不是医生，我也并非特别年轻或健康，更谈不上成功。对这两个男人的探访已经吞噬了我的青春。我已经老朽。我不比他们年轻多少；也许稍微年轻一点，但他们有一种超自然的泰然自若、一种不可名状的活力，那种力量与年龄无关。我说过，他们尽管彼此畸形，但却给人一种健康和强壮的印象。我一直还算健康，但还是对疾病和死亡感到焦虑——以一种模糊的方式。当然，我有正常大小的手脚，可以正常穿衣、上街，和家人过着正常的生活，并负责给那两个男人送饭。有时我会想：我有他们其中一个的手，和另外一个的脚。如果换一种搭配方式？简直是噩梦！当他们合二为一，全是正常部分时，则组成一个正常人，全是畸形部分时，则是一个彻底的怪物。如此一来，他们只能让我产生无限的困惑。

我从不在他们的屋子里久留，因为那不是社交拜访：我去那儿只是提供帮助，满足需求；我是他们与外部世界唯一的接触点。总的来说，我停留时间短是因为我不想被家人发现。虽然这个理由并非总能成立。有些时候我一个人在家，完全可以跟那两个男人待上几个小时或整个下午。也许那种不久留（或找不到久留的借口）已经形成习惯。当然，我没有记录我待在那座房子里的时间，在探访之前或之后的那一小会儿，我太过紧张而没看手表，所以我无法确定，但我估计平均大概只有三到五分钟；也许更久，或者不到，很难说。我觉察到自己待的时间不长，而某种自发的周到和圆滑——其实毫无必要——让我担心自己可能会惹恼他们，使他们觉得我正在逃离一幅可怕的景象。

对于我探访时间的短暂，还有一个更简单和更具体的解释：他们接见我的那个房间，与我进屋后经过的其他房间不同，它没有家具。那个空荡的房间有一种动物园洞穴，或展示空间的气氛，更加重了那种非人感。跟衣服问题一样，开始你会觉得是他们的身体特性将家具排除在外；然而，再一次，只要仔细想想就会发现，那并非完全不可能。

椅子、扶手椅、地毯、餐具柜、挂画、桌子……为什么不？或许四处走动时有必要采取点防护措施，但也仅此而已。而如果说他们本来可以穿衣服，用家具，为什么他们还是宁愿光着身子待在一个空荡的房间？当时这并没有让我不解。多年来，我只是简单地将他们如此存在作为事实加以接受。这种好奇心的麻木在心理上也情有可原：鉴于巨手巨脚的庞然怪异，衣服和家具之类的细节早已消隐不见。那个巨大的谜团（谜团本身的巨大）排斥任何解释，同时它那地心引力般的强力又吸引并吞噬了所有其他一切。

我其实没必要对自己的闪电式拜访感到内疚；没有别的人去看他们，所以他们根本无从比较。总之，对他们来说，礼节是个完全陌生的概念。他们只对我带去的东西感兴趣，而且没有一句感谢或任何特别的愉悦的表示。这听起来就像在广场或废弃的房子里喂流浪猫，或者，回到先前那个比喻，就像踏入动物园里关动物的铁笼子。但事实远非如此。这两个男人是完全而彻底的人类；在这点上，特别之处恰恰在于超量而不是缺乏：他们实在太人性化了。那种使其孤立的不幸的畸形没有理由消减他们的人性；事实上，反而强化了。如果他们——准确地说，出于人性——用诸如鄙视、嘲讽或伤人的冷漠对待我，我会无法原谅他们吗？我必须感激他们没有因不满而怨恨我。（虽然不止一次，当我离开那栋房子时，对他们粗鲁的举动感到丧气，我不禁怀疑他们是否在恨我。）他们有充足的理由视我为命运的宠儿：我自由如小鸟，我可以在自己的同类中不为人注意地自由来去。

我不得不努力让自己采取他们的视角。从我的立场看，我的情况似乎毫无优越之处，我也不觉得有多自由。我的自由不停地被每日的探访所打断，就像被一只挥之不去的秃鹫不停地啄食。有时我责怪自己"太当真了"，但内心深处我知道自己别无选择；没有中等级别的当真。虽然我要履行的职责完全是私人性质的，而且至今依然保密，但我无法抛弃那两个男人。我必须接受随之而来的后果，其影响是如此深远，以至于塑造了我的整个生活。每天都要前往那座房子，从不间断，意味着我无法设想去国外旅行，去海边度假，或去乡间度周末，甚至去博物馆或亲友家做长时间逗留也不行。为了坚持这种每日例行的安排，我必须假装成一个习惯于伏案久坐的人，并在每天固定时间出门进行所谓的健身散步，风雨无阻，独来独往，而这对我来说绝非易事，因为我天性就喜欢旅行、冒险和改变。我没对任何人抱怨过，因为那样我就必须解释，我也尽量不对自己发牢骚，以免变得满腹怨气。每当我听到别人抱怨那些或大或小，但本质上都可以解决的问题时，我就深切感受到身上负担的沉重。在这幅基本上不对等的图画中，却有着某种对称性：那两个男人，作为室内的囚徒，让我成了一个外部世界的囚徒。

我无法从事需要认真负责和长时间劳作的工作，我不得不停滞在某个并不能反映我能力的中等水平。由于我无法披露自己拒绝的真实原因，因此大家普遍认为我古怪、神经质，或有某种方面的残疾。我！我一直理性而实际，几乎都有点过头。但这些限制磨砺了我的技巧，我能完成的那少许作品，虽然因为我疏离的生活方式而残缺不全，却质量上乘，结果引来了大批邀约。不过渐渐地，它们变得越来越少，最后干脆完全没有了——每个人都认为我一定会谢绝。所有那些错失的机会带给我一种不悦感，并进而变成了悲伤、沮丧和绝望。我的青春已然逝去，它已消逝在一片永恒的暮色中，一无所留。我的天赋和人生计划曾有着美好前景，而现在换来的只是一无所有；我感到无依无靠。就这样，在一种非现实的气氛中，日复一日地接触那种悲惨和无可补救之物，给我的生活蒙上了一层夹杂着恐怖的不幸色彩。过了这么多年，那个秘密已变得无比确定，它将我与世界的其余部分割裂开来，其中甚至也包括我的希望。

但也不都是坏事。从来如此。当你的整个生活都受到影响时——比如我这种情况，因为那两个男人的存在腐蚀了一切——整体性本身就会做出某些补偿，以重建一种可持续的平衡。创造力总是会找到突破口，即使周围的环境合力要扼杀它。而我所处的环境并非完全只有负面影响。负面性，当然，也包含着其自身的负面性。与我不幸处境中的所有弊端相伴随的，是一种决定性的优势：唯有我知道那两个男人的存在，这世上唯有我知晓这一奇特现象。虽然有时对这种可疑的优势我也不太确定，总觉得有别人也知道他们。在我接手之前，一定也有人定期探访，给他们送吃的。是某个人将他们带到了一起，关进了那座房子。而再之前，他们有父母、祖父母，也许还有兄弟姐妹，一段童年，一段历史——不存在没有人的历史。然而，过了一年又一年，几十年过去了，我渐渐开始确信这个秘密是独属于我的，我是它唯一的守护者。我取代了他们的父亲、祖父，以及所有其他人。虽有怀疑，但我的特权毋庸置疑。

从那时起，我不禁开始考虑该如何利用自己所处的优势。并不是说我要借他人的不幸来谋利，我片刻也不曾那样想过。如果我把他们公开化，如果我把他们"卖掉"或拿去展览，我会内疚得活不下去。再说，我也不懂该怎么做。但希望能有点物质收益来补偿我被迫牺牲的一切，这似乎也谈不上不道德。

我本想给他们拍照或录像，但那显然不可能。我可不敢带着摄录机去那儿。那样我就必须解释，而我无法预料他们会做何反应。虽然他们从未对我，或对彼此有过攻击性的举动（除了他们那种傲慢的冷漠），但他们赤裸的身体似乎总怀有某种暴力倾向。巨型手足所显示的重负并未使他们的行动受限。他们动作敏捷。这有事实为证：极为偶尔地，当我进去发现他们其中之一不在房间的时候，那个不在的就会极快地、动作极为敏捷地从一扇侧门穿进来。有次在房间里，在那个我总会找到他们的房间里，他们几乎一动不动，虽然当时他们正陷入我之前描述过的那种圣维特斯之舞①。但他们的静止不动似乎更像一种舞蹈编排，而不是因重力法则而导致的受限。很可能，他们的巨手和巨脚配备有与其尺寸相对应的强健肌肉；它们不可能只是一堆累赘。而且他们身体的其余部位，正如我说过的，十分匀称，相应也必定异常强壮。我从未见过那般的力量展示；就像有关他们的许多其他事情一样，那是个谜，一个可能包含了一切的秘密空间。

我无法预测如果他们看见我拍照会有什么反应。他们也许会把自己关起来，因为他们想继续躲着，但他们的隔

①圣维特斯之舞，即圣维特斯舞蹈症，是指在欧洲中世纪出现的一种群体性癫狂症，患者会不停地唱、跳、舞蹈、痉挛。

绝也可能是行动不便的结果，或者只是自然而然形成的。或许那只是由于惰性或拖延而造成的某种自我禁闭。说到底，有很多人从不出门，但并不是因为他们要隐藏什么，而仅仅是因为他们不喜欢出门，或者他们爱待在家里，或者有其他随便什么原因。那两个男人的情况很特殊，然而，恰恰是因为他们如此隔绝，他们是否意识到这很特殊还要打个问号。如果他们每个都只有对方作为正常的标准，那么一个男人会看看自己的巨手，再看看同伴正常大小的手，看看自己的脚，再看看另一个男人的巨脚……对他们来说，实在没办法知道究竟什么是正常的比例。他们要怎么判断？没错，他们还有我做参考，而我没有巨手也没有巨脚，但我可能只是第三类情况。多年前，当我发现他们的时候，他们并没有想隐藏自己。他们是为我才破例的吗？如果真是那样，为什么？为什么是我？或者其实他们并不介意被看见，没人看见他们的唯一原因是没人来过？也许他们只是出于需要或便利才接纳了我，或者不知怎么他们知道，我能为他们保守秘密。

总之，不管怎样，那些我没拍的照片不会用于揭露或公开他们的存在。虽然我被一股获得物质收益的欲望所驱使，但我的目标却与此不同。

那个目标，用一种粗略和现成的说法，就是"艺术性"。艺术，同样可以产生物质收益，而我想到的还不仅仅是钱；物质的范畴比那更为宽广。即使一件艺术作品的"收入"纯粹是精神上的，作品本身的实体也将持久而有效，而且能够改变我们的生活。

并不是说我有什么清晰可行的计划，但我感觉自己可以用他们提供的影像做出些富有原创性的东西。照片和录像已经不做考虑，剩下的可能性只有绘画。

显然，我并非一个艺术家，也没受过特别的训练。在视觉艺术上，我没有丝毫才华可言，如果不是被某种偶然机遇所引导——那两个男人要对此负责——我从未想过要冒险进入这一领域（或至少是靠近它的边缘）。因而，在我利用他们作为模特这点上，有一种诗意的公正。

所谓"偶然机遇"，我是指每日探访他们这一职责所强加到我生活上的各种状况。那两个男人进入我生活的时候，正值一切开始有了脱离常轨的可能。我已完成了自己在人文学科上的散漫研究，正打算来一次度假。而那，在某种方式上，正是他们所提供的。我不是说我完全扑在了照顾他们上面，而忽略了所有其他事情。也许一开始（最初的几年，也就是说）有点像那样，但随后我就设法将他们限制在我生存的很小一块区域，或许，部分原因也是为了保密。然而，那块区域虽小，却辐射到所有其他部分；那两个男人，他们从未远离我的思绪。怎么可能远离？那每日例行的职责，那无可避免的午后之约，日复一日从不间断，使他们始终都在我的脑海。这种探访对日常的扰乱，这种扰乱的奇异性，它那恶魔般、几乎超自然的特征，都让我无法全神贯注地从事其他工作。我已经说过，我在经济和专业上做出了多大牺牲。我还必须牺牲自己的注意力。在青年时代，我时而会梦想投入高深的研究，那想必能满足我的学术品味，但我也不得不放弃那个想法。随着时间的流逝，读完一整本书对我都变得越来越困难，更别说从事任何严肃而集中精力的研究。

我发现自己已经堕落到只读些杂志文章。但我该读什么杂志？我的人文研究让那些新闻和政治刊物无法满足我的胃口，但我又发现学术期刊的抽象令人疲惫不堪，虽然有阵子我读了不少流行的科学和历史杂志，但它们从未真正让我感兴趣。所以最终，最令我满意的知识营养来源，事实上几乎也是唯一的来源，被证明是艺术杂志。那最初只是一种打发时间的方式——是通过排除法而不是选择得来的——却渐渐成了一种需要。将微薄的预算安排一番后，我订了好几份杂志，并将自己的阅读定量化，以免没东西可读。在越过某个节点之后，我就不必担心了：因为那些杂志被我小心地保管在盒子里。很快，我的收藏就多达几千本，而那些过刊（它们无须二十年之久，一两年就够了）对我来说又成了新的——鉴于我阅读它们时那种涣散的精神状态。不过称之为阅读可能有点夸张；其实我只是在浏览。我会看看插图，读一读文章开头，或者跳过去看作者是怎么分析或阐释那些印在纸页上的作品，然后继续翻看……

这种同艺术的接触——虽然听上去似乎有点肤浅——逐渐影响了我的兴趣、我的品味，甚至我的人生观。事实上，在我给那两个男人送饭这个实际"工作"，和我对最极端形式上的所谓"当代艺术"的业余爱好之间，发展出了某种深层的联系。我要澄清一下，我所说的这些杂志不是面对考古或历史学家的；它们聚焦于当下的艺术潮流，自二十世纪七十年代起，它就一直表现为某种对独特和原创性的永恒探索，一场无尽的攀升。从外部看，那可能就像一种无意义的怪异竞赛。然而当你走入游戏之中时，意义就会变得显而易见，并使其余的一切都受其操控。事实上，它就是个意义的游戏，没有了意义，它就什么都不是。艺术家可以展示他们选择的随便什么东西：一杯浮着几只死苍蝇的水，旧报纸，一台机器，一种发型，一颗钻石；或者他们也可以选择根本不展示任何东西，而是去追一辆汽车，或杀死一只鸡，或让一个房间空着。自由被推向了极限，并超越了极限。要批判或嘲笑这些艺术上的新发展很容易，容易得让那些批判和嘲笑都失去了力量，几乎显得毫无价值。那些当代艺术的敌人所表达的困惑与反对，缘于他们是以孤立的方式去看作品，而没有考虑到它背后的历史。有时翻看着其中某本新杂志，我自己也觉得颇为厌烦，看来看去照片上都是些瓦砾、轮椅、模糊不清的电视屏幕、乱糟糟的房间、面无表情的脸孔，或者经过防腐处理的动物。但读一读附在照片旁的文字，哪怕是零碎间断地瞥几眼，也会发现总还是有些洞见；当然有时会令人失望，不过经常（难道是我在愚弄自己？）那都会让我觉得有道理、机智，甚至动人。我有一批自己喜欢的艺术家，成员一直在不断增加。人类的创造力，至少在这一套前提下，是无穷尽的。

这个新体系中最吸引我的一点，也是让我免于被拒之门外的，是它在形态上的无限增生摒弃了对传统才能及其培养的需要，而那一直被视为艺术的基础。你再也无须是个天生的艺术家，或经历某种特殊的训练；大师与学徒、高手与低手的时代已经结束。谁都可以做；条件只有一个：必须是别人没想到的。年复一年，那些在艺坛涌现的新艺术家，他们不断产生的创意让我震惊不已。而且通常，几乎毫无例外，那些创意都极其简单；它们唯一的优点就是独创。它们引起的反应几乎千篇一律：为什么我没想到？

正是这种推理引导我将那两个男人，带着他们奇特的畸形，视为某种艺术创意。就是那种会让我惊讶（并有点懊悔）的创意：为什么我没想到？确实，如果靠我自己，我可能一千年也想不到。但现在它就在那儿：摆在我面前，除了我没有任何人知道。不过就实际而言，我也有可能会想到。在某种意义上，在所有层面的意义上，它都是那种典型的、我不停地在杂志上看到的"艺术品"——在双年展和文献展上备受瞩目，获得各种奖项，被各种文章评述。在某种意义上，同样，不管怎么说，我都有权那么做。是我策划了这个"创意"，也就是说，"我想到了这个点子"。不过的确，如果真是那样，如果我真要选择一个艺术创意，我会选别的东西。病态和怪诞的主题并不吸引我，虽然它们在艺术界很时髦。但我必须尽力做到最好，因为，除了这个计划，我根本想不出任何别的东西。

至少，想不出更好的东西。因为虽然怪诞主题不合我的口味，但我必须承认那个"创意"非常出色。两个男人，一个巨手，一个巨脚，对称，又不对称，令人费解：它们拥有作为艺术要具备的所有因素。没人会相信他们真的存在；他们太像是从某个迷恋当代艺术杂志的脑袋里创造出来的。至于怎样才能既保密而又不背叛托付给我的信任，我大可放心，因为将某物贴上艺术的商标后，就没人再会认为它是真实的。

但我该怎么做呢？媒介不成问题，我十分了解。媒介要做的就是将创意记录下来。在这些新的艺术形式里，记录和文献就是一切。我最初的摄影计划看起来似乎与我的艺术项目有所矛盾。但虽然那两个男人可能会以为我想将他们曝光，其他人却不会那样看。当今时代，在艺术界，多亏了那些盛行的数码编辑软件，摄影只是另一种记录虚构的媒介。撇开它被前卫实验艺术家广泛使用这点不说，摄影对我之所以是个理想手段，主要是因为我根本不必去修图（再说我也不会，鉴于我在技术上的无知），但所有人都会以为我修过图，而且还很擅长。

然而，正如我之前所说，我不得不放弃拍照的想法。于是只剩下一个最合适的替代手段：绘画。一系列的绘画，对开页，也许最后会成为本书，附有文字来分析或阐释——但不会太多，因为这一创意的价值就在于它的神秘、它的费解、它对所有各种暗示的开放性。它会是个开放的系列，但不会太厚，最多二十张画，足以展示出那两个男人的全部姿态即可，从每个角度，休憩或运动。我只给自己设定了一个限制：每幅画里两个男人都要出现；不能在某幅画里只有他们其中一个。这样就能将整个项目一体化，并构建出它谜一般的含意。

但问题是我不会画画。我从没学过画画。或者，如果说画画每个人天生就会（就算画得很差），我得说我从没真正坐下来去画过：我从没试过。这并非什么不可克服的障碍，因为绘画的质量不是关键；画画只是一种记录的手段，所以我要做的只是确保让观看者明白画的是两个裸体男人，大小和体形正常，除了其中一个男人有六十英寸高的巨脚，另一个则有着相对应的巨手。那不会有多难。那种场景简直就像是专门布置了用来画的。

"我要做的只是……"这种话说起来容易做起来难，一定的努力和某种程度的技巧是必需的。尤其是为了确保观看者能真正地明白。因为如果画得笨手笨脚——对于我这种情况很可能发生——那不成比例的巨肢看上去就可能像是另一种笨手笨脚，或是一种对毕加索的拙劣模仿。而且即使画得不错，还是有各种危险：例如，四肢的庞大看起来会像是某种透视效果。

但我想得太远了。当我开始考虑关于绘画的实际操作时，我注意到有个前提性的困难。我意识到用绘画取代摄影并不能让我走多远。不管怎样，你都必须要现场作画，而正如我不可能拍照，我也不可能掏出纸和铅笔去画那两个男人。就算我可以那么做，我也无意尝试。在模特缺场的情况下工作意味着要靠记忆作画，那就要求我将视觉细节都牢记心中，而我不具备那种能力。或者就算我具备，也是不自觉地，因为我从未试过要那样做。所以我开始尝试，没有采取任何防范，也不担心这种试验——虽然它从未超过计划阶段——会改变我与那两个男人的关系。我竭力将他们印在我的视网膜上：他们的线条，他们的形状，他们的体积。那是一种全新的观看方式：这些年来，这数十年来，它们所占去的我的大半个人生中，我从未像那样看着他们。区别在于现在我要让记忆发挥作用，期待着它的功效，试图让时间为我所用。以前我从未这样做过。我何必要费那个力，既然我明知自己第二天还会看到他们？而现在房间里我的存在、他们的存在，都被记忆所掌控，它表现为一种具有强烈生理性的，触手可及，几乎是肉欲的注意力："我从未像那样看着他们。"我想把他们带走，而那种意图——虽然我始终没有清晰地意识到——让我不安，激起我黑暗的冲动，让我感到内疚。它没有产生我想要的效果。我那从未受过训练的视觉记忆，不会仅仅因为我的命令就可以运用自如。

还有些另外的操作方式。一幅没有模特的图画只能是漫画，涂鸦，图表。但我无须使用活的模特：人体素描是给学生用的，而我不是要学习去当个画家。平面艺术家使用的那些关节人偶有同样的问题：太教学化。最能满足我迫切和具体需求的是裸体男人的照片，或好的画作，我可以复制它们，或使用透明的复写纸（对我这样的新手，它简直是无价之宝）。我本可以在随便一本色情杂志上找到满意的样本；但自然我从来都没有勇气去报摊买一本，这不禁让我诅咒自己的怯懦，因为那本来是最理想的解决办法。还有一种可能性：那些有人体插图的绘画手册。我可以描出两个男人的轮廓，一个去掉手一个去掉脚，然后用复印机将原图放大五十倍，再把放大后的手和脚描下来。但如果我让复印中心的人放大裸体男人的图片，他们会怎么想？最好的办法是仔细描下手和脚，不要身体，然后拿去放大。

所有这些精巧复杂的筹划让我无所适从。如果我一开始就那样做，情况可能会有所不同。但最初，在我计划凭记忆画他们的时候，我已经渐渐习惯了那种新的观看方式，那种内嵌着记忆的凝视，虽然我已经放弃了使用它的想法，但它却让我无法去复制或描摹相关的照片或图片，甚至都懒得去找。这两种方法之间有条巨大的鸿沟。用新方式去看那两个男人，我发觉身体的形态是如此无可比拟的生动，而绘画对其的简化又是何等彻底，它将其理性化了，将其变成了一种游戏。也许如果我有很长时间看不到他们，记忆就会自然而然地开始工作，并完成那一简化过程。但由于我每天都重新看见他们，记忆便依附于影像，被主观和客观的现实所充满；无可否认，这让记忆更丰富，然而那种无用的丰富只能让我瘫痪不动。我的艺术梦消散了，我一无所得。

我不知道那两个男人有没有注意到这些微妙的诡计。我偶尔会想象自己是猎手，而他们是我的战利品。但那只是短暂的幻想，很快就被一种更宽广更黑暗的事实所吞没——我们的关系将永恒不变。虽然那也不是什么真正的关系，至少不是我们通常所认为的那种人际关系。但这只会让它显得更亲密。我反复问自己，这一切是怎么开始的？我已经不再去想它会不会结束。

在写下以上这些文字的过程中，在试着重现我那流产的艺术冒险时，我意识到那个挫败只是某个更大失败的一部分。那不仅是指我没有做出我的书或画册；我根本没试过去画他们，甚至连那种随手的乱涂也没有，就像人们在打电话时常干的那样。不仅如此：我连在脑海里勾画他们也不曾有过。就仿佛那被划入了某种禁忌。对此，我并不觉得意外：这整件事仿佛都被置于了某种禁忌标志之下。"艺术"进入这个故事，更多是作为一种深层解释的方式，而非一个实际的项目。如其所是，那两个男人自身就是"艺术品"，他们抗拒被转化成任何媒介，除了他们存在其中的残酷现实。

如果说艺术曾经，仍然，是我一个没有实现的白日梦，或许它也起到了一点作用：它减轻了现实的沉重负担——那个现实每天都在等着我，等着我去面对那座房子里，那个房间里的场景。这并没有多难，因为那场景本身就带着某种非现实感。然而它还是属于现实，而且因为靠近极限而越加真实。如果能逃离这一切，我什么都愿付出。但我没什么东西可以付出，而且我怀疑那个极限会紧随我不放：是我自己混淆了分隔现实与非现实的界线。我无法逃离自身，我被自己钉上了十字架。

在我看来，迄今为止我做出的这些描述，根本无法完全表达我有多么绝望。我并不想补救；我的表达手段已经在孤独和秘密的摧残下虚弱不堪——它们现在被隔绝了。我甚至无法对自己表达清楚。当我出发走上那无比熟悉的道路后，来来回回，我只感觉到空虚，那种焦虑所特有的无声空虚，那种空虚感不是开放而是闭合的，将我永远地封闭在其中。最后我尽力完全不去思考（但不可能做到）。我情愿成为一台机器、一个机器人；在某种意义上，我成功了，至少是部分地。我无情地压抑着对时光流逝——那是最令我痛苦的事——的所有计算。但那种计算会自行发生——根据各种不同的参照点，而最方便的参照就是孩子们的年龄。在我有孩子之前，我就开始去探访那两个男人（到底是之前多久，我不愿细究），而现在我的孩子们都已经长大了，他们已经不再是孩子或青少年了，他们已经二十岁、三十岁……我可以从妻子脸上看到岁月的痕迹，而她无疑也会看到我的老去。我的家庭、那些我爱的人、那些我唯一可与之分享人生命运的人，总是与我彼此分离，过着各自的生活。我一直期待自己的孤独会走向结束，就像一个盲人梦想能看见世界，或一个瘫子渴望能再次行走。这些比喻并非无中生有。在某些方面——如果不是全部方面——我就像那些普通人一样，为了减轻弥漫的病痛或心理压力，便提醒自己，这把身子骨还算健康，而且我也很有钱，其他人情况或许更糟。的确，我可以看，可以走。每天我都要走到那两个男人住的房子，每天我都看到他们……那种盲人和瘫子所徒然希望的奇迹被赐予了我，但最后却化成了一个秘密。这一状态确实有某种奇迹般的感觉；但它是那种最糟的奇迹，那种只会在现实生活中发生的奇迹。

　　这就是重点所在：那个秘密的现实性。它那蔑视一切的持续性更甚于它的实质内容。那才是让我发觉如此受伤的地方，一种如此不公平的惩罚；那个秘密将一种真实存在赋予了这个世界上最不真实的特性：时间。那个秘密的内容，从另一方面说，倒没什么问题，因为与之接壤的是幻觉、文学、电影，以及"特效"，其中任何哪个都能为其提供某种阐释。我想通过"艺术"来寻求出路并不只是一种巧合，它的功能应该是用一层幻想来掩盖现实，并给我一种虚幻的假象，仿佛至少我可以重新掌握控制权。

但它行不通。它适得其反。现实顽固，而我的艺术白日梦与其形成的反差使它显得更为真实而残酷。我开始渴望另一种秘密：那种藏在脑海里，一旦被说出来就失效的秘密。而我的秘密是一种外在事实，正如裸露于世界中的各种事实，充满了固执的独立性。而且它还不是那种偶然出现的事实，那种在时空中一闪而过、无伤大雅的联结。为了我，而且只为了我，它取消了那种临时性——其余人类正是靠那来哄骗自己带着安详的微笑睡去。我必须每天去那个房间看那两个男人；我必须"相信自己的眼睛"，就像过去小说家们常说的那样（但那两个男人所表示的正好相反）。金色光线从巨大的窗户射进来，带着神秘的透明渐变，像一种油，让那两个男人的动作顺滑而沉默。他们身上有一种动物感；他们有那种野兽的姿态和冷漠。看上去他们似乎可以从内部摧毁这个世界，在原子层面上，只需待在那儿……但这都是些游离、破碎的想法，只有当我想到那两个男人时才会有。像他们这样的生灵，人类根本无从构想他们的感知。那便是我孤独的来源，同时或许也导致了他们那人性化的无人性。

我曾打算仔细观察他们的面孔，想找到某种表情，因为没人能永远保持在完美的空白状态。但那只是徒劳。他们的面孔一片漠然，毫无表情。那是两张光滑、平常的面孔，似乎在表情诞生之前就已存在，很男性化，但也带着些女人气或孩子气。这赋予了那两个男人一种古典的、倍加坚实的特征，让他们无可替代。他们是这个世界的一小部分、一个极小的部分，而且隐而不现，但那也是个中心，推动着高山大海，同时又始终仍是个肮脏的小细节、一个降临到我头上的可悲意外。

然而我甚至无法确定那真的降临了。除非被讲述出来，否则发生的就没有真正发生，而那两个男人不能被纳入任何可讲述的故事。我无法对任何人讲述它，不只是因为对保密的需要，或者我的羞愧。他们身上有某种空洞、某种闭塞感，让"被纳入故事的假设"变得不可能实现。这个故事不是他们的，而是我的，是有关我的失败和无助，有关某种暧昧怪诞之物的缓慢成长。最后，我那些谎言和悲惨诡计的蜘蛛网——那一串串脆弱的唾沫星子，靠它们我才暂时性地将这一刻连接到下一刻——凝固了，变得坚不可摧，坚硬如石。但即使岩石也会随时间而磨损。理性，或者逻辑，那盲目统治着世界万物的机械化逻辑，暗示着最终，在某个点上，让我得以解放的条件将会实现。那并不需要来一场大灾难或大革命，或者某种泰坦尼克式的巨大意志力：每日的累积便已足够。这意味着那随时可能实现，或许很快就会实现。或许它已经发生了，而我所要做的只是睁开眼睛去看。

但首先我必须知道我该去看什么。我根本不清楚那是些什么条件；我无从设想，虽然这并非那种不可克服的困难。再一次，一如往常，问题就在于"看"：那就是关键。但看并不只是把眼睛睁开那么简单。心理上的运作必不可少。思想必须在视觉的密林中开辟出一条道路……

然后有一天，我震惊地发现那两个男人的巨手和巨脚在缩小。一直以来我都太心不在焉或视而不见，以至于我没注意到它们已经恢复到几乎正常——或完全正常——的尺寸。我发觉这一想法奇异地令人迷惑。唯有时间能为发生的事提供证明，但确切地说，正是时间的行为抹去了事件的痕迹，或者说扰乱了它们，把它们打成了一个结。那并非不可能。所有的不可能都是以可能性为基础。毕竟，他们其中一个一直有着正常大小的脚，而另一个，一直是正常大小的手。这种交替，或者说分配，或者说不对称的对称性，可能便是我困惑的根源。他们身上有某种东西始终在抗拒被阐明：对我来说他们永远是分不开的一对。我前面提到过他们尽量避免被单独看见；所以我对他们的记忆或感知（我"想到"的他们）是双重的；但同时这一对伙伴之间的差别又大到了极点。我只能通过他们的差别来认出他们：一个是"巨脚的那个"；另一个，"巨手的那个"。那些四肢被放大到了如此骇人的程度，让任何其他的特征都显得无用或多余。所以，如果巨肢因素消失了，我还能分出哪个是哪个吗，或者，更确切地说，哪个曾经是哪个吗？这些年来，也许自从我第一次看见他们，或被他们的非同寻常所擒获（都是一回事），我就已经形成了一种下意识的印象，觉得他们是一个人。有两个分身的同一个人。第一印象，当然，是决定性的。那就是为什么我从未考虑过个性的问题。直到那个假定的时刻，在时间最遥远的地平线上，当两个男人的巨手和巨脚都缩小到正常尺寸时，也就是说，当他们两个都拥有同样大小的手和脚时，这个问题才会出现。在这一设想中，既存在某种可能性，同时也有某种不可能性。

通过在想象中把自己运送到那遥远的时间地平线，我便可以自问改变会怎样到来。在此类情况下，典型的问题是，它是会以那种渐进的、连续的、难以察觉的方式发生呢，还是通过从一个阶段到下一个阶段的飞跃来产生，或者干脆一下子突然出现？他们说习惯有一种遮蔽功能。大脑永远在设法节约能量，所以会删除或钝化日常生活中最经常重复的感知，略过它们，将其视为理所当然，以便更好地聚焦于新的东西，那些对于生存更重要的东西，而熟悉的环境特征则作为潜在威胁被排除在外。

这种错位的机智始终支配着我与那两个男人之间的关系，它让我无法将视线集中在他们巨大的手脚上——至少无法以一种明显的方式，但同时我也被那种很常见的抗拒感所抑制（就我而言，那种感觉尤其强烈，几乎成了一种禁忌），我不愿去细看任何丑陋、畸形或恐怖的东西，因为害怕那会变成一种痴迷，或者导致我怎么都无法忘记（当一切美好之物都被遗忘时）。也许这是一种远古迷信的残余。注意力要绕过不管什么"令人印象深刻"的东西。闭上眼睛显然既不礼貌，也不实际。于是剩下的只有一种选择：用眼角看。

这看似一种做作而反常的解决办法，但可以拿一个我们所有人（至少是所有男人）都很熟悉的日常状况来作为例证：比如，在一间密闭的健身房里，发现自己面对面地和一个裸体男人在一起。你不会盯着他的私处看，不是吗？但我要补充一句，我所说的只是一个例子，即一种表达我意思的修辞工具，实际上并非如此。因为那种情况——那两个男人都赤身裸体，私处都暴露在外——是确定不变的。

　　大概正因为这些联想，让我怀疑那两个男人会不会穿上衣服出去工作，或者甚至各自与家人住在一起，而那座房子只是他们的秘密据点，他们每天下午过去，恰好及时把自己剥光，在那儿等着我到来。一种荒谬而不可能的幻想，但确实曾掠过我的脑海，一如其他的许多怪念头。那些幻想，我试图将其作为武器（但只是徒劳），去抵抗我人生的无望所造成的精神空虚。那已足以让我痛恨人类，将我变成一个厌世者——如果我现在还不是的话。在某些时刻，被困在我那不完全的眼角视野的怪圈中，我感到一种剧烈的恼怒，一种憋屈的、令人窒息的愤怒。他们为什么要奴役我？他们需要我什么？他们比我更年轻，更强壮，更坚定，也更自由。如果他们是真的残废了，那他们就应该能唤起人们的怜悯，我就有充分的理由去照顾他们。但你看他们——健壮，挺拔，骄傲——我对他们的感觉，与其说是怜悯，不如说是崇拜：在他们身上，我看到了野蛮与恐怖之美。

2007年8月22日

塞萨尔·艾拉

作品导读

八十部小说环游地球：
艾拉博士的神奇写作

孔亚雷

八十部小说环游地球：
艾拉博士的神奇写作

孔亚雷

1953年，布宜诺斯艾利斯，一位叫贡布罗维奇的49岁波兰流亡作家写下了也许是文学史上最有名（也最伟大）的日记开头：

星期一
我。

星期二
我。

星期三
我。

星期四

我。

与此同时，同样在阿根廷，在一座距布宜诺斯艾利斯三百英里的外省小镇，普林格莱斯上校城，住着一个四岁的小男孩。他叫塞萨尔·艾拉。他也将成为一位作家——一位跟贡布罗维奇同样奇特的作家。（事实上，今天他已被广泛视为继博尔赫斯之后，拉丁美洲最奇特、最具独创性的小说家之一。）自然，当时的小男孩艾拉对此一无所知。跟世界上所有的四五岁儿童一样，对他来说，"将来"（以及"文学"，或"艺术"）还不存在。他还处于自己个人的史前期，其中只有永恒的当下，和一种"动物般的幸福"（尼采语）。多年后，已成为知名小说家的艾拉，对这种史前童年期有一段极为精妙的阐释：

> 神秘主义者和诗人们所梦寐以求的，对现实的直觉性吸收，是儿童每天都在做的事。在那之后的一切都必然是一种贫化。我们要为自己的新能力付出代价。为了保存记录，我们需要简化和系统，否则我们就会活在永恒的当下，而那是完全不可行的。……（比如）我们看见一只鸟在

飞，成人的脑中立刻就会说"鸟"。相反，孩子
看见的那个东西不仅没有名字，而且甚至也不是
一个无名的东西：它是一种无限的连续体，涉及
空气、树木、一天中的时间、运动、温度、妈妈
的声音，天空的颜色，几乎一切。同样的情况发
生于所有事物和事件，或者说我们所谓的事物和
事件。这几乎就是一种艺术作品，或者说一种模
式或母体，所有的艺术作品都源自于它。

因而，他接着指出，所谓令人怀念的童年时代，也许
并非我们通常认为的那种"天真的自然状态"，而是"一种
无比丰富、更加微妙和成熟的智力生活"。这或许是我们听
过的关于童年（也是关于艺术）最动人而独特的解读之一。
它出自塞萨尔·艾拉一篇自传性的短篇小说——《砖墙》。
"小时候，在普林格莱斯，我经常去看电影。"这是小说的
第一句。它以一种异常清澈的口吻，从一个成熟作家的视
角，回忆了自己童年时最要好的小伙伴米格尔，以及最热
衷的爱好——看电影。而将这两者交织起来的，是一个叫
"ISI"的游戏，其灵感来自他们看的一部希区柯克电影，
《西北偏北》——在阿根廷放映时的译名是《国际阴谋》
（那就是"ISI"这个名字的由来："国际秘密阴谋"的英文

缩写）。这个游戏最基本的规则是保密："我们不允许向对方谈起'ISI'；我不应该发现米格尔是组织成员，反之亦然。交流通过放在一个双方商定的'信箱'中的匿名密件来进行。我们说好那是街角一栋废弃空房的木门上的一道裂缝……"于是，一方面，他们通过"密件"交流进行"ISI"游戏（编造某种迫在眉睫的危险，或者互相发出拯救世界的命令，或者指出敌人的行踪……），另一方面，他们又假装已经彻底忘了"ISI"这回事，他们继续一起玩别的游戏，但从不提及"ISI"。至于为什么要制定这种奇妙的、自欺欺人的游戏规则，作者告诉我们那是因为：

> 机密是所有一切的中心。……（但）我们一定知道——很明显——我们不管做什么都不会引起大人们的丝毫兴趣，这贬低了我们机密的价值。为了让秘密成为秘密，它必须不为人知。由于我们没有其他人，我们就只能不让我们自己知道。我们必须想办法将自己一分为二，而在游戏的世界里，那也并非完全不可能。

将自己一分为二——这既是这个游戏的核心，也是这篇小说的核心：它事关写作本身。在写作，尤其是小说写作的世界里，"将自己一分为二"不仅可能，而且必须。因为写小说在本质上就是一种游戏，一种特殊的、"ISI"式的游戏：一方面，当然是作家本人在写，但另一方面，作家又必须假装忘记是自己在写（以便让笔下的世界获得某种超越作者本人的生命力，让事件和人物自动发展）。而且由于写作是一个人的游戏，作家就只能自己不让自己知道——他（她）必须"想办法将自己一分为二"。在很大程度上，这是个微妙的分寸问题。而对这一分寸的把握能力（既控制，又不控制；既记得，又忘记），往往决定了作品的水平高低。

就这点而言，塞萨尔·艾拉无疑是个游戏大师。（另一位奇异的小说家，村上春树，也表达过类似的观点，他在一次访谈中称写作"就像在设计一个电子游戏，但同时又在玩这个游戏"，仿佛"左手不知道右手在做什么"，有种"超脱和分裂感"。）所以，《砖墙》被置于《音乐大脑》——他仅有的两部短篇小说集之一（另一部是《塞西尔·泰勒》）——的开篇，也许并非偶然。写于作家62岁之际，它并不是那种普通的追忆童年之作，而更像是对自己漫长（奇特）写作生涯的某种总结和探源。于是，只有将它放到塞萨尔·艾拉整个写作谱系的背景下，我们才能发现它所蕴藏的真正涵义——就像一颗钻石，只有把它拿出幽暗的抽屉，放到阳光下，才能看见那种折射的、多层次的、充满智慧的美。

塞萨尔·艾拉与贡布罗维奇几乎擦肩而过。1967年，当18岁的艾拉来到布宜诺斯艾利斯（此后他便一直居住在这座城市），贡布罗维奇刚于四年前，1963年，离开阿根廷去了欧洲——他再没回来过（他于1969年在法国旺斯去世）。但我们几乎可以肯定，艾拉读过贡氏那部著名的小说《费尔迪杜凯》。这不仅是因为那部小说的知名度和艾拉巨大的阅读量，更是因为《费尔迪杜凯》本身：一个三十多岁的落魄作家突然返老还童，变成一个十几岁的少年？一场试图砸破所有文明模式——从学校、城市、乡村到爱情、道德、革命，甚至时空——的荒诞疯狂冒险？这听上去几乎就像是从塞萨尔·艾拉的八十部小说中随便挑出的某一部。

八十部？对，你没听错。八十部。（事实上，这个数字还在增加，因为他还在以每年一到两部的速度出版新作。）迄今为止，艾拉先生已经出版了八十（多）部小说。它们有几个共同点。首先，它们都是字数在四到六万之间的微型长篇小说。其次，它们在文体和题材上的包罗万象，简直已经达到了某种人类极限。它们囊括了我们所能想到的几乎所有小说类型：从科幻、犯罪、侦探、间谍到历史、自传、（伪）传记、书信体……而它们讲述的故事包括：一个小男孩因冰激凌中毒而昏迷，醒来后成了一个小女孩；关于风如何爱上了一个女裁缝；一个十九世纪的风景画家在阿根廷三次被闪电击中；一种能用意念治病的神奇疗法；一个小女孩受邀参加一群幽灵的新年派对；一个韩国僧侣带领一对法国艺术家夫妇参观寺庙时进入了一个平行世界；一个政府小职员突然莫名其妙写出了一首伟大的诗歌……但在所有这些犹如万花筒般绚烂的千变万化中，我们仍能确定无误地感受到某种不变、某种统一性。那就是叙述者——塞萨尔·艾拉——的声音。这是那八十多部作品的另一个共同点：它们都是某种奇妙的矛盾混合体——尽管在想象力上天马行空，极尽狂野和迷幻，它们却都是用一种清晰、雅致而又略带嘲讽的语调写成。其结果便是，当我们翻开他的小说时，就像跌入了一个彩色的真空旋涡，或者《爱丽丝漫游仙境》中的兔子洞：一方面是连绵不绝、犹如服用过LSD般的缤纷变幻，但同时另一方面，我们又仿佛飘浮在失重的太空，感到如此悠然、宁静，甚至寂寥。

要探究塞萨尔·艾拉的这种矛盾性，我们可以从两方面入手：他的写作源头和写作方式。所有好作家（及其风格），在某种意义上，都是自我教育的结果。（我们并不否认民族和地域的重要性，尤其是考虑到拉丁美洲——作为魔幻现实主义的大本营——一向盛产如热带植物般奇异而繁茂的作家，但那又是另一个话题，这里暂且不加讨论。）虽然塞萨尔·艾拉常被拿来与自己的著名同胞博尔赫斯相提并论，虽然他们的作品都有博学、玄妙和神秘主义的倾向，但实际上他们的品味和气质却有天壤之别。因为他们的自我教育方式完全不同。博尔赫斯的写作源头是父亲的私人图书室，是《贝奥武夫》《神曲》、莎士比亚、古拉丁语、大英百科全书——总之，典型的高级精英知识分子；而塞萨尔·艾拉呢？是在家乡小镇看的两千部商业电影（大部分都是侦探片、西部片、科幻片之类的B级电影），是鱼龙混杂无所不包的超量阅读（平均每天都要去图书馆借一两本），以及上百本仅在超市出售的英语畅销低俗小说（他甚至将它们都译成西班牙文卖给了一个地下书商）。所以，很显然，上述那些"神奇"的、散发出强烈"B级片"风味的故事情节正是源自这里：盛行于上世纪五六十年代到八十年代的通俗流行文化。

而与这一源头形成鲜明对比的，是塞萨尔·艾拉的写作方式。虽然拜波普艺术所赐，通俗文化产品的地位有所提高，但在本质上它仍然是反艺术的，决定这一点的是它的制作方式：模式化和速成化。但塞萨尔·艾拉的写作方式却正好相反，它缓慢、严肃、精细——一种典型的、福楼拜式的纯文学写作。据说每天上午他都会出现在布宜诺斯艾利斯的某家咖啡馆，一边喝咖啡一边写上三四个小时，也许只写几个字，或者几十个字，最多不超过几百个字，日复一日，年复一年，从不中断。但跟福楼拜不同（事实上，跟世界上所有其他作家都不同），他从不修改。（是的，你没听错。从不修改。）也就是说，比如，不管周五时觉得周三写的如何，都绝不放弃或修改周三写下的东西——就好像不可能放弃或修改周三说过的话，或做过的事，仿佛作品就是人生，同样不可能更改或修正。他甚至给自己这种写法取了个名字："一路飞奔式写作"。

这怎么可能？毕竟，如果说小说世界有优于现实世界之处，那就是它更为有序，而这种不露痕迹的有序通常是作家反复打磨修改的结果。所以这只有两种可能：一、他写得极其谨慎而缓慢；二、传统小说世界中的有序——故事情节、逻辑推进，道德（或社会）意义——对他毫无意义，毫不重要。

也许那正是为什么他的作品题材如此多变的原因：故事对他毫不重要。所以他可以随便使用什么故事——任何故事。如此一来，还有什么比流行通俗文化更好的故事资源吗？还有什么比它们更可以信手拈来，更取之不竭、引人注目、多姿多彩吗？

对流行文化进行文学上的回收再利用，这显然并非他的独创。后现代文学中的"戏仿"由来已久。最典型的例子莫过于唐纳德·巴塞尔姆的《白雪公主》和托马斯·品钦的《万有引力之虹》。（前者的戏仿对象是格林童话，后者则是侦探和战争小说。）但似乎是为了平衡文本的轻浮与滑稽感，这些戏仿作品往往被赋予了某种道德重量——想想《白雪公主》中强烈的社会批判，以及《万有引力之虹》中的战争和性隐喻。但塞萨尔·艾拉不同。虽然他的叙述语调也略带嘲讽，但那是一种优雅的、有节制的、托马斯·曼式的嘲讽。他那些表面令人眼花缭乱的作品，更像是对空洞流行文化的一种"借用"，一种"借尸还魂"。或者，换句话说，他是在用无比精致的文学手法描述一种无比空洞的内容。

这才是塞萨尔·艾拉的文学独创：一种奇妙的空洞感。要更好地揭示这一点，我们还必须借助那篇《砖墙》。"最近有人问起我的品味和偏好"，小说的叙事者——即小说家本人——告诉我们，"当提到电影和我最爱的导演，对方提前代我回答说：希区柯克？"他说是的，然后他说如果对方能猜出他最爱的希区柯克电影，他会对其洞察力更加钦佩。

对方想了想，自信地报出了《西北偏北》（而它恰好也是"ISI"游戏的灵感来源）。对此，塞萨尔·艾拉分析说：

> 这让我怀疑《西北偏北》与我想必有某种明显的类似。它是部著名的空缺电影，一次大师的艺术操练，它清空了间谍片和惊悚片中所有的传统元素。由于一帮笨得无可救药的坏蛋，一个无辜的男人发现自己被卷进了一桩没有目标的阴谋，而随着情节的展开，他能做的只有逃命，根本不清楚到底怎么回事。环绕这一空缺的形式再完美不过，因为它仅仅是形式而已，换句话说，它无须跟任何内容分享自己的品质。

在这里，塞萨尔·艾拉清楚地点明了自己的秘密：他写的是一种空缺小说。所以，如果说那些通俗文化产品表面上的多姿多彩是为了掩饰其内容的空洞无物，那么对塞萨尔·艾拉的作品而言，它们的多姿多彩恰恰是为了凸显其内容的空洞无物。因为只有如此，才能让环绕这种空无的形式显得"再完美不过"，才能让形式"仅仅是形式"，而"无须跟任何内容分享自己的品质"。

于是，这样看来，塞萨尔·艾拉似乎已经完成了福楼拜的夙愿：写出一种没有内容只有形式的小说，一种纯粹的小说。（尽管他采用的方式是极为拉美化的——因极繁而极简，因疯狂而冷静，因充实而空无。）但我们仍无法满足。仅仅是形式？什么形式？而那"无须跟任何内容分享自己的品质"又是什么品质？

我们对后现代文学中的形式创新并不陌生。从法国"新小说"的极度客观化视角（以罗伯－格里耶的《橡皮》《嫉妒》为代表），到对各种新媒体的兼收并用（比如在珍妮弗·伊根的《恶棍来访》中，有一章完全是用幻灯片呈现）。但塞萨尔·艾拉似乎对这种叙述方式的创新毫无兴趣——他的笔法和结构，正如我们之前说过的，一向简朴而精确，简直近乎古典。（如果用电影做比喻，他与另一位拉美后现代文学大师波拉尼奥的区别，就是希区柯克与大卫·林奇的区别。）那么他所谓的"形式"和"品质"到底是指什么呢？也许我们可以从他另一部具有浓郁自传性的小说《艾拉医生的神奇疗法》中找到答案。

《艾拉医生的神奇疗法》——这一标题就颇具意味。虽然化身为医生，我们仍可以一眼看出那就是塞萨尔·艾拉本人。名字一模一样自不用说（而且"医生"这个词，无论在英语还是西班牙语里，都有"博士"的意思），难道还有什么比"治疗"更适合用来象征"写作"吗？小说的开场是这样的：

> 一天清晨，艾拉医生突然发现自己走在布宜诺斯艾利斯某街区的一条林荫道上。他有梦游症，在陌生但其实很熟悉的小道上醒来也没什么奇怪的（熟悉是因为所有街道都一样）。他的生活是一种半游离半专注、半退场半在场的行走。在这种交替中，他创造了一种连续性，即他的风格，或者说，如果一个周期结束，也就创造了他的生命——他的生命将一直如此，直到尽头，直到死亡。

我们完全有理由将这段话视为一种隐晦的自传，不是吗？"一种半游离半专注、半退场半在场的行走"——这不禁叫人想起"ISI"游戏（想起"ISI"游戏式的写作，确切地说）：我们必须将自己一分为二。事实上，在小说的第二章，当艾拉医生开始写作自己那部活页形式的、带有百科全书性质的毕生著作《神奇疗法》时，他已经表现得越来越像小说家艾拉（而那部著作，显然是在暗指艾拉本人的八十多部小说——就像巴尔扎克的《人间喜剧》，它们也可以被合称为《神奇写作》）：

> 写作收纳一切，或者说写作就是由痕迹构成
> 的……究其本源，写作的纪律是：控制在写作本
> 身这件事上，保持沉稳、周期性和时间份额。这
> 是安抚焦虑的唯一方式……多年以来，艾拉医生
> 养成了在咖啡馆写作的习惯……习惯的力量，加
> 上不同的实际需求，让他到了一种不坐在某家热
> 情的咖啡馆桌前就写不出一行字的程度。

但不管怎样，让我们继续假装那不是艾拉作家，而是
艾拉医生。（因为阅读小说，在某种意义上，也是一种
"ISI"游戏，我们也必须将自己一分为二：既知道那是虚
构，又假装那是真的。）在经历了一场好莱坞式的闹剧之
后，我们终于抵达了小说的最高潮——为拯救一名垂危的
富商，艾拉医生决定当众施展他的神奇疗法：

> 真相大白的时刻近了。
> 真相就是他还没决定好要做什么。最近两天
> 他琢磨了各种办法，但并没什么把握，就像最近
> 几十年一样，自从年轻时领会到神奇疗法的那个

遥远的一天起。从那时到现在，他的想法基本保持原样……总会有办法的……只要时间向前走，他一定会做出点什么。不是严格的即兴发挥，而是在他一辈子的珍贵反思中找到那个恰好合适的动作。这与其说是即兴，不如说是瞬时记忆训练。

所以，这就是艾拉医生（作家）的神奇疗法（写作）：一种完全基于直觉的即兴发挥。所以塞萨尔·艾拉作品中独特的"形式"和"品质"不在于写作形式上的创新，而在于写作方式上的创新——那是一种完全地、几乎百分之百依赖直觉的写作（那也是为什么他写作极为缓慢，且从不修改的原因）。如果说所有小说家或多或少都在玩着"ISI"式的游戏，那么没有人比塞萨尔·艾拉玩得更彻底，更疯狂——但同时也更冷静。

那是一种孩子式的冷静（兼疯狂）。因为这种彻底的直觉性写作，意味着要有一种超常的直觉力，而正如我们在文章开头所引用的，塞萨尔·艾拉对童年和艺术起源的解析："神秘主义者和诗人们所梦寐以求的，对现实的直觉性吸收，是儿童每天都在做的事。"那也正是塞萨尔·艾拉的每部小说都在做——或者说，竭力在做——的事：对现实的直觉性吸收。于是他的小说常常让我们感觉像一种"无限的连续体"，涉及星辰、超市、电影院、椴树、幽灵、狗、变老、阿尔卑斯山、睡眠、音乐、革命、暮色、马戏团……总之，"几乎一切"。于是，在《我怎样成为修女》中，在一支有毒冰激凌的引导下，一个六岁小男孩（或小女孩）展开了一场糅合了幻觉、悲伤和自我认知（一种情感上的"无限连续体"）的心理探险之旅；《风景画家的片段人生》则是真正的探险：一名流连于潘帕斯草原的德国风景画家竟然三次被闪电击中，虽然严重毁容，但他幸存了下来，并继续作画——极端的生理体验、壮阔的美洲风景与艺术的神秘交织在一起；而在《幽灵》中，我们将面对一个问题：如果收到来自另一个世界的派对邀请，你会接受吗——如果前提是你必须先去死？

相对于以马尔克斯为代表的"魔幻现实主义"，塞萨尔·艾拉或许更应该被称为"神奇现实主义"。因为"魔幻"这个词更偏于成人化，更有人工意味，所引发的寓言效果——正如马尔克斯在《百年孤独》中向我们展示的——更富含历史和政治性。而"神奇"则显然更接近童年和直觉，更轻盈、纯粹而超脱。但请注意，我们要再次回到文章开头塞萨尔·艾拉对童年的解读：这种童年式的"神奇"并非某种"天真的自然状态"，而是一种"无比丰富，更加微妙和成熟的智力生活"。于是相对应地，较之

《百年孤独》那种浓烈的历史和政治寓意，塞萨尔·艾拉的"神奇现实主义"所散发的寓言感，则显得既单调又丰富。单调，是因为它只要用一个字就可以总结："我"。而丰富，是因为这个时刻在对现实进行着"直觉性吸收"的"我"，一如塞萨尔·艾拉举例所用的"鸟"：在孩子（以及塞萨尔·艾拉的小说）那里，"我"不仅不是我，甚至也不是"无我"，"我"是"一种无限的连续体"，"我"就是一切，而一切也都是"我"。（既然是一切，当然就已经包含了历史和政治。）

我？为什么是我？你也许会问。因为"我"是直觉的最终源头。因为即使你抛弃一切，你也永远无法抛弃"我"。（因为仍然是"我"在抛弃。）"我"是最卑微而弱小的，但同时也是最基本、最强大、最高贵而永久的。"我"最繁复又最简洁，最充实又最虚空。这个"我"并不局限于狭窄的个人视角，而更接近一种无限的、孩子般的"忘我"。正是这个"我"，定义了塞萨尔·艾拉小说世界最核心的品质（或者说形式）：既一无所有，又无所不有。

于是，我们似乎完全可以套用贡布罗维奇那奇妙的日记开头，来形容塞萨尔·艾拉的八十（多）部小说。《艾拉医生的神奇疗法》：我。《我怎样成为修女》：我。《风景画家的片段人生》：我。《幽灵》：我。我。我。我。我……

但贡布罗维奇的"我"与塞萨尔·艾拉的"我"有本质的区别。《费尔迪杜凯》同样是一部关于"我"的小说。这不仅指小说主人公显然就是作者本人的缩影，更是指主人公"自我身份"的不停转化：他先是逃离了自己的作家身份，变成一个叛逆的中学生；接着他又逃离学校，穿越城市与乡村，成为一个局外人；当他来到姨妈的旧式庄园，他摇身变成了一名贵族；通过挑动农民反抗地主，他俨然又成了一名革命者；而当他最终逃离一片混乱的庄园，他发现自己又不得不扮演起多情爱人的角色……因此，我们看到，《费尔迪杜凯》中的荒诞历险实际上是一场永无止境的逃离——逃离各种各样的"我"。因为根本没有真正的"我"。在贡布罗维奇看来，所谓"自我"，不过是社会文明机器制造出的各种模式化的面具。不管怎样逃离，我们都逃不开一个虚伪的、造作的、角色扮演式的"我"。

而塞萨尔·艾拉则正好相反。如果说在他那流动、飘忽、时而令人晕眩的小说世界里有什么是固定不变的，那就是"自我"。对他（以及他赖以为生的直觉）而言，"我"不是文明社会的假面具，而是他在这个变幻无常、充满焦虑的世界中最后的，也是唯一的依靠。这种对"自我"的执着和固守，在他的另一篇短篇杰作《毕加索》中，通过一个身份认同的难题，得到了完美的展现。

那个难题就是：如果有个神灵让你选择，是拥有一幅毕加索的画，还是成为毕加索，你会选择哪个？初想之下，似乎任何人——包括故事的叙述者，一位小说家（显然又是艾拉本人）——都会毫不犹豫地选择后者。"谁不想成为毕加索？"作者自问，"现代历史上还有比他更令人羡慕的命运吗？""任何人处在我的位置都会选择第二项"，他接着说，因为它已经包含了第一项：毕加索不仅可以画出所有他喜欢的作品，而且保留了大量自己的画作——此外，变成毕加索的优点还不只如此，那还意味着能享受到他那无与伦比的创造极乐。但最终，这位叙述者还是选择了前者，原因是：

> 一个人要变成其他人，首先必须不再是自己，而没人会乐意接受这种放弃。这并不是说我自认为比毕加索更重要，或更健康，或在面对生活时心态更好。……然而，受惠于长期以来的耐心努力，我已经学会了与自己的神经质、恐惧、焦虑，以及其他精神障碍和平共处，或者至少能做到将它们置于我的控制之下，而这种权宜之计能否解决毕加索的问题就无法保证了。

　　这里有一种优雅的宿命感，一种平静的自认失败，一种甚至带着适度心碎的放弃。它们不时闪现在塞萨尔·艾拉那些充满自传性的短篇小说里。正如我们开头所说，这些短篇要被置于塞萨尔·艾拉的整体写作背景下，才能放射出其深邃之光——如果把他的八十多部微型长篇小说看成一个整体，一种活页形式的百科全书（《神奇写作》），那么这两部短篇集就是一种附录式的评注。

　　于是它们常常表现为某种神奇的自我指涉。比如，在短篇小说《音乐大脑》中，捐书晚餐、奇特的音乐自动播放机、女侏儒产下的巨蛋交错构成了一幅作者文学之源的象征图腾："在普林格莱斯的传奇历史中，由此产生的奇妙图案——一本书被精巧、平衡地放置在巨蛋顶上——最终成为市立图书馆创立的象征。"

　　在《购物车》中，"我"发现了一辆会自己滑行的神奇购物车，它整晚都在超市里"四处转悠"，"缓慢而安静，就像一颗星，从未犹豫或停止"，而"作为一名感觉与自己那些文学同事如此疏远和格格不入的作家，我却感到与这辆超市购物车很亲近。甚至我们各自的技术手法也很相似：以难以察觉的极慢速度推进，最终积少成多；眼光看得不远；城市题材。"

　　《塞西尔·泰勒》则以真实的美国先锋爵士乐大师塞西

尔·泰勒的生平为蓝本——由于艺术上过于超前而导致的不间断受挫。我们很容易注意到这两个名字的相似：塞西尔与塞萨尔。我们也同样容易注意到他们在艺术手法（及受挫程度）上的相似："一路飞奔式"的直觉与即兴。

回到那篇《毕加索》。当主人公决定选择拥有一幅毕加索的画（而不是成为毕加索，也就是说，选择固守那个"我"），一幅中等大小的毕加索油画出现在他面前。画中是一个立体变形的女王形象。作者意识到它是对一则古老西班牙笑话的图解，那是关于一位没有意识到自己残疾的瘸腿女王，大臣们为了巧妙地提醒她，特意组织了一场盛大的花卉比赛，以便在最后请女王选出冠军时对她说出那句"Su Majestad, escoja"，即"陛下，请选择"——但如果把最后一个词破开读，意思也可以是："陛下是瘸子"。作者接着指出，这幅画有好几个层次的意义：

> 首先是主人公瘸腿却不自知。人们有可能对自身的很多事情无从知晓（比如，就拿眼前这个例子来说，一个人到底是不是天才），但很难想象一个人会连自己瘸腿这么明显的生理缺陷都意识不到。也许原因就在于主人公的君王地位，她那独一无二的身份，这使她无法以正常的生理标

准来评判自己。

"独一无二,正如世上也只有一个毕加索。"他接着说,"这里有某种自传性,关于绘画,关于灵感……"因为"到了三十年代,毕加索已被公认是画不对称女人的大师:通过一种语言学上的绕弯子来使一幅图像的解读复杂化,可谓另一种意义上的扭曲变形,而为了突出他赋予这种手法的重要性,他选择了将其安放到一位女王身上。"最后,他又提到了这幅画的第三层意义,即它的"神奇来源":

> 直到那时,没有一个人知道这幅画的存在;它的奥妙、它的秘密,一直以来都尘封不动,直到它在我——一个说西班牙语的人,一个热爱杜尚和鲁塞尔(雷蒙·鲁塞尔,法国超现实主义文学、新小说流派的先导者)的阿根廷作家——面前显形。

显然,这三层意义有一个共同的核心:独一无二。无论是女王、毕加索,还是我,都是独一无二、不可替代的,都是宇宙间唯一的存在。这是一个近乎终极的对自我意识的审视。这是另一种意义上的,或许也是真正的一种"民主"：每个人都是平等的。每个人都觉得自己最重要（不管我们愿不愿意承认）。事实上，不仅是女王，每个人都无法以正常的标准来评判自己，不是吗？因为那是不可能的——就像一个人无法提着自己的头发离开地面。"自我"是一种精神上的万有引力，没有它我们就会飘向彻底的虚空。

但正如我们看到的，在塞萨尔·艾拉这里，这种对"自我"偏执狂般的沉迷没有散发出丝毫的骄傲自大。相反，它显得轻柔、谦逊而又坚韧，那个独一无二的"我"，似乎成了对抗这个支离破碎、充满复制和模拟的世界的最后武器。在可能是塞萨尔·艾拉最广为人知的小说之一《文学会议》中，一名失业的翻译家兼疯狂科学家，试图以墨西哥著名作家富恩斯特为原型，克隆一支军队来掌控地球。（又一个空洞的通俗小说外壳。当然，最终计划失败了，这似乎从另一个角度暗示了自我的独一无二性：自我不可能被复制——克隆。）在小说的前半部，主人公无意间神奇地解开了一个历史谜团，从而发现了一笔古代宝藏，对于这一成就，他分析道：

> 那并非说我是个天才或特别有天赋，完全不是。恰恰相反。……每个人的思想都有自己的力

量，不管大小，但总是独一无二的，那种力量属
于他而且唯独只属于他。这就使得他能够完成一
项任务，不管那任务是伟大还是平庸，但唯独只
有他才能完成。……除了读过的书，仅仅在文化
领域，就还有唱片、绘画、电影……所有这些，
加上自我出生起日日夜夜所经历的一切，给了我
一个区别于所有人的思想构造。而那碰巧是解开
希洛马库托之谜所需的；因此解开它对我来说简
直轻而易举，毫不费力，就像一加一等于二那么
简单。……我是唯一的一个；在某种意义上，我
也是被指定的一个。

这显然是个巧妙的隐喻。它似乎在说，对于每一个人，
世界上都有一个只为他（她）而存在，也只有他（她）能
解开的谜。这一隐喻贯穿了艾拉博士的所有作品。借用他
想必很喜欢的凡尔纳的小说标题：《八十天环游地球》，我
们也许可以将塞萨尔·艾拉的所有作品总结为：八十部小
说环游地球。但不管环游到何地，不管那些经历（故事）
表面上多么光怪陆离，"我"仍然是"我"。"我"——那是
最大和最后的局限，但也是最大和最后的安慰。甚至，也
许那就是我们每个人存在的真正唯一目的——不然还能是

什么呢？——去解开那个只有你才能解开的谜：生活。属
于你而且唯独只属于你的生活。独一无二的生活。

Copyright © 2013 by César Aira

Published in agreement with LiterarischeAgentur Michael Gaeb，
through The Grayhawk Agency

本书简体中文版权为浙江文艺出版社独有。

版权合同登记号：图字：11-2015-238号

图书在版编目（CIP）数据

音乐大脑/（阿根廷）塞萨尔·艾拉著；孔亚雷
译．—杭州：浙江文艺出版社，2019.6

ISBN 978-7-5339-5536-6

Ⅰ.①音… Ⅱ.①塞… ②孔… Ⅲ.①短篇小说—小说
集—阿根廷—现代 Ⅳ.①I783.45

中国版本图书馆CIP数据核字（2018）第298301号

音乐大脑
YINYUE DANAO

作　　者：[阿根廷] 塞萨尔·艾拉
译　　者：孔亚雷
责任编辑：关俊红　王莎惠
营销编辑：张恩惠
插画设计：KUNATATA
封面设计：尚燕平

出版发行　浙江文艺出版社
地　　址：杭州市体育场路347号
网　　址：www.zjwycbs.cn
经　　销：浙江省新华书店集团有限公司
印　　刷：杭州富春印务有限公司
版　　次：2019年6月第1版　2019年6月第1次印刷
开　　本：880毫米×1230毫米　1/32
字　　数：80千字
印　　张：4.875
插　　页：5
书　　号：ISBN 978-7-5339-5536-6
定　　价：**42.00元**

（如有印、装质量问题，请寄承印单位调换）

.